时代精神 Spirit of the time

三联国际
JP International

由北京、香港和上海三联书店共同创办于2012年，致力整合两岸三地资源，打造具国际视野的多元文化传播平台。

Co-founded in 2012 by JP Beijing, Hong Kong and Shanghai, JP International is dedicated to the establishment of a diversified communications platform with an international perspective through the aggregation of resources in the Greater China area.

往回跑

战丹

三联书店

▶ 01 … « 蓝马山 »…… T · S · 艾略特 « 荒原 »

▶ 02…«我很喜欢我的小姑姑»……穆旦«园»

▶ 03 … «绳结»…… 北岛 «无题»

▶ 04 …《桂花香·银杏苦·山路弯》……格鲁德·斯泰因《圣洁的埃米莉》

▶ 05 … «夜光台球俱乐部»…… 里尔克 «沉重的时刻»

▶　06 … « 月光石窟 »…… « 纸月 取月 留月 »

▶ 07 … «丽珍，丽珍»…… 张枣«镜中»

▶ 08 … « 会飞的不一定是鸟 »…… 邹静之 « 精神或一些人的争论 »

▶ 09 …《剪辑发廊》…… 翟永明《水中的弟弟》

▶ 10 … « 长醉酒肆 »…… 李白 « 将进酒 »

▶ 11…《同桌齐小改》……苏轼《前赤壁赋》

▶ 12 … « 再见阿吉 »…… 辛笛 « 再见，蓝马店 »

序一

跨越地域　实现梦想

年轻人拥有澎湃创意，但若不加以实践，再精彩的点子，也只是徒然。我一直鼓励新一代要敢于想象、敢于实践，哪管结果如何，唯有愿意踏出第一步，才有机会迈向成功。新鸿基地产积极回馈社会，一直本着以心建家的精神发展优质物业，多年来致力推广阅读及全人发展，透过举办“年轻作家创作比赛”，助有志创作的年轻人实践梦想。

新地与香港三联书店合办的“年轻作家创作比赛”已踏入第四届，这个比赛鼓励了逾五千五百位有志写作的年轻人，在创作路上付诸行动，透过参与，他们认真地构想如何完成一部著作，过程中得到的经验，希望可以成为他们日后在创作路上的启蒙。

无限的创意，跨越地域、无分界限，第四届“年轻作家创作比赛”突破地域疆界，首次号召内地与香港两地的年轻人一同参与。今届参赛情况踊跃，从作品当中我们看到两地的青年，都怀着同一样的梦想，却有着多元的文化视野，合力写出新一代对社会和世界的期盼。他们凭着敏锐的触角、独特的视野、细腻的笔触，透过文字、图像及多媒体等不同的表现方式，发放出一股青春的正能量。

二〇〇五年，乔布斯在斯坦福大学的演讲中，说了句今天已成经典的“求知若渴，虚心若愚”（Stay Hungry, Stay Foolish），我常常把这话记在心上，也常常把这个想法和同事分享，我希望新鸿基地产所有同事都怀有终身学习的精神，也希望藉着推广阅读和全人发展的活动，把这个“好学精神”传扬开去。今次的参赛作品，让我看到两地年轻人对时代的观察、对社会和国家的抱负，叫我深感欣慰。

最后，很感谢香港三联书店多年来，与新地一同为文坛培育新血而努力，更多谢评审们在过去一年与入围者在创作路上同行，让创作的热忱继续薪火相传。

郭炳联

新鸿基地产主席兼董事总经理

序二

异彩纷呈　创意无限

自二〇〇六年三联书店（香港）与新鸿基地产合办“年轻作家创作比赛”以来，每届（两年一届）均吸引了不少参赛者参加，仿佛已成为年轻人跻身出版的一个平台。由于体裁、形式及字数不限，而且特别鼓励参赛者用他们擅长的方式进行创作，因此参赛作品便显得很不一样，充满个性，让人充满期待。

过去三届的得奖作品有诗集、散文、小说、图文书、图文+CD、立体书及绘本等，不一而足。值得庆幸的是，题材中有不少是填补空白之作，如弱视人士、渔民、屋村孩子及投资银行经理等的生活；也有第一次出书水准便非常高，叫人刮目相看；也有在获奖后仍不断创作，已成为两岸三地只此一家的代表性作者。这些成绩已远远超出了当初单纯鼓励创作的初衷，而成为新作者及未来出版形态的储存库及先锋队。

本届我们更进一步把比赛的范围从香港扩大到内地，让内地及香港两地的年轻人，在同一舞台上比并、交流，意义重大。没想到的是，跨越文学、绘画、电影、舞台及音乐等界别的两地评审：小克、李仁港、林奕华、胡洪侠、陈丹燕、邹静之、张亚东及张悦然，也因此而熟络起来，彼此观摩对方的创作，并期待日后的合作。

作为“年轻作家创作比赛”主办方之一，我要特别感谢新鸿基地产多年来给予的支持与信任，无论是资源及人力上。感谢所有曾担任评审的创作人，他们愿意在繁忙的工作中，抽出时间及精力，为年轻人担任创作顾问，功不可没。也要感谢三联国际（由北京、香港及上海三联于二〇一二年成立）的团队，在简体版及活动上出力。

最后，我也想向历届参赛者表达谢意，是你们的认真对待、废寝忘餐的投入，满载的激情及才华，成为我们办下去的原动力。

李济平谨识

三联书店（香港）有限公司总经理

自序

大学时，一位在学校开讲座的老师引用了钱锺书先生的一句话，让我一直很是不安。钱锺书先生说，写作的年轻人，很容易误以为创作热情就是创作能力。

大三之前，我一直喜欢写随笔，读古诗词，痴迷于文字本身的精准和华丽。

大三时，我读到了《纳尔齐斯与歌尔德蒙》，始震撼于小说的叙述方式。虽然开蒙较晚，却也彻底。之后，我不再写随笔，只为专心思考关于小说的一切。

二〇〇四年，我到华东师范大学读书，听到了钱锺书先生的那句话，一时极为感伤。因为自从不再写随笔，我也并未写出任何值得示人的小说，甚至很难写完一篇像样的故事。我无法不怀疑自己中了钱先生那句话：空怀年轻人的热情，却根本没有创作的能力。

六年如斯。

二〇一〇年，我来到北京，非常偶然地读到一位设计师朋友的诗歌。本着自娱精神，我用诗歌最后两句，和他的笔名，虚构了个极短的故事。这让包括他在内所有读到的人，都极为惊讶。因为诗歌和故事的关联性几乎为零，从情节到意境；而仅以置于篇末的两句诗歌、笔名、设计师职业三个素材交集，并行虚构成了七百字的谍战短篇。

我终于找到了传说中虚构的快乐。

之后，便开始将一些特别喜欢的诗句作素材，来写那些我衷情或失落的故事。当然，中外文学史上从不乏文人间类似的赠答之作。不过在我，这种写法更像小时候的命题作文，得以在阅读和写作间寻到个努力契机。同时，遥遥地、一厢情愿地与各位前辈平等地对不同的话，尝试创作形式的诸多可能性，不失为一件开心振奋的事。

有一种情怀叫做念念不忘，在我便是这些美不胜收的诗句。它们叠加组合在一起，美得让我常难以释怀。我不是个诗人，也不敢讲有多么懂得诗歌。但是，我知道它们被刻写在宇宙间，终将与之同在。

时光一去不可追，我却愿意逆着往回跑。在这个大家都争抢着不要输在起跑线的时代，我是个不可多得的怪人。我无法不怀着虔诚读诗，读经典，却亦做不到奉经典和权威为神灵。我一路边跑边回头，为自己领赏的风景惊叹，为翼翼探寻到的、别于大师的小径留下标记。

在浩瀚如云的纸书和电子书面前，很难说清楚这一本小小的书究竟意味着什么。而它带给我的不是简单的快乐和心情结集，更像是一种终身所属的认命。那时临近毕业，还什么都写不出的我，信誓旦旦地对导师圣思先生说，也许这辈子我只是个二三流作家的命，但我认。我亲爱的导师没多说什么，她的鼓励润我于无声。

那些被照亮的许多深夜，一如神祇亲临，时间消失，梦寐以求。倒是成不成为作家，成为几流作家，我今日大可坦然面对。标签一如玫瑰的名字，终究只是个名字，而我已闻到花香。

感谢所有为我骄傲的人。

战丹

北京，二〇一三年五月

CONTENTS

01

▶ 蓝马山

已经是第四十一天了。我和我兄弟终于来到了蓝马山脚下。

父亲以前常说，四月是人间最残忍的季节。我不解其中缘由，问他时，他只说，以后去蓝马山便知道了。

现在正是黎明前，我和我兄弟从蓝马山东侧山脉一路疾行，走了整整一夜。我们只在夜里赶路，是怕吓坏了路人，毕竟看上去有那么点奇怪。我们是一对孪生兄弟，但其实更像是一个人。他缺一条左臂和右腿，而我少了一条左腿和右臂。我们出生在风向水瓶座，那一天的星空并没有什么异象。傍晚，村庄里的巫师把塔罗牌摆满了院子，摸着我们的残肢，说牌面暗示，十八岁时一起到蓝马山顶采露水，再在月圆之夜涂满全身，或许能让未发育完全的残肢再度长出。

我兄弟喜欢安静，擅长思辨，大家都叫他尼采；而我也喜欢安静，不过我更喜欢写诗，于是大家就叫我艾略特。许多个夜晚，我们一起阅读。冬天，我们一起去南方。十几年来，我和尼采都已习惯了残缺的生活。也许我们本就是一个人。三岁时，第一次互相为对方穿衣服，速度便跟正常人无异。接着，我们学会了骑马、打猎、摘草莓，和关于正常人生活的一切。

奇怪的是，自打我们出生，之后每一年出生的孩子都有不同程度的肢体残缺，常见的是少一只手或者几根手指，以及少一只脚或者脚趾；也有轻微的，如不长眉毛或者没有耳廓；最奇的是，前年降生一个可爱的男孩，活泼好动，周身都甚完美，他的父母欢天喜地，每日里奉主之名祷告。可一年半后，他们终于晓得了这孩子的残缺——不长牙齿。我和尼采独特且明显的身体缺陷，让村庄的人看到缺陷婴儿降生，不再以为然。见了那些悲伤的父母，仅是安慰道，艾略特和尼采不是很快乐嘛。

后来不知从何时起，村庄里有条街开始被人们叫做碎瓶大街。

硕大的月亮渐渐隐没在天际，黎明来了。

我和尼采放缓了疲惫的脚步，看着蓝马山一刻比一刻清晰地呈现在眼前。那是怎样一座青山呢？那里几乎汇聚了人世间所有清逸之色。如果上帝能赐给我一种超验的能力，那一刻的我希望能听到蓝马山滴翠的声音。仰首看去，山峰刺入云巅，色黛如玉。晨光中，山脚下，绵延了几公里的波斯菊，夸张地跳跃着艳丽的生机。

我想起了父亲的话，四月是人间最残忍的季节。父亲是伤春逝吗？

这时尼采转过头，笑着对我说，丁香。

对，风中果然有一种丁香的气息，混合着记忆与向往。

尼采，我侧过身子看着兄弟说，你微笑的样子好像沐浴着春雨，春雨拨动了迟钝的根。

亲爱的诗人，艾略特，我们赶快上山吧。我好想快点长出新的手脚来。

快走。

我和尼采无法想象，这座玉石般葱郁的青山究竟有多高。我们手脚少于常人，但上天的恩赐，让我们将两条腿和两条手臂的技巧和力量都集中在了仅有的腿和手臂上。因此一直以来，我们甚至比常人走得还快。我们没日没夜地爬山，穿过一片又一片的云层，仿佛从春天来到了冬天。滴翠的青山和波斯菊都不见了，漫山的积雪像盐，让我们并不觉得寒冷。冬天使我们温暖，它将青山掩藏在一片易被人遗忘的雪海中。

整整一个月，我们终于快要登顶了。白天，尼采突然眼神迷茫地说，艾略特，我害怕。我说，你怕变成一个完美的人吗？

登顶了。

在那接近明晃晃月亮的山顶，没有了波斯菊和丁香，没有了盐一样的雪，只见一大片空旷的荒原。我们走了许久，才看到一座小园。园中一个老人走来走去，为花草浇水。尼采跑去问他，这荒原上如何能长起花草来？老人空洞的眼睛，射出空洞的光，说道，这是去年的尸首，埋在这园里就会发芽。而这芽上的露水，能令你长出手脚来。

我和尼采惊恐地摇头，向后退了几步。

老人从鲜艳的绿芽上取下一颗露珠，说，喝吧，喝了这露水，你便立刻成为一个完美的人。虽然你将失去上帝的照看，失去灵魂，即使活着，也如这园中花芽下的尸首，逃不出被埋葬的命运。可那又能怎样呢？你已经是一个完美的人了。

我和尼采捂住脸，跑开了。

为了迅速回到山脚下，我提议直接滑下去。尼采说，艾略特，我害怕。我说，兄弟，你抓牢我。他的右臂抓住我的腰，我的左臂抓住他的腰。我们就这样面对面相拥着，仿佛要永远在一起，然后用我们漂亮健美的双腿一路滑了下去。大山之中，我们听着耳边的风呼呼吹，感到从未有过的自由。

天黑了，又亮了，然后又黑了。

在一丛波斯菊间，我醒来，惊异地发现自己长出了新的手脚。它们跟我原来的一样漂亮健美。我要立刻告诉我兄弟尼采，可我却遍寻不到他。

我大喊：尼采！尼采！

一片寂静。

我是傍晚回到村庄的。村庄里会走路的人几乎都跑出来看我。每个人都伸出手来摸我的手臂和腿，仿佛它们是假的；还有好几个姑娘偷偷盯着我看，羞涩却贪婪；所有人都忘记了尼采。我在人群中不停地寻找，寻找我的父母。上帝啊，他们没有来。

我一直走，一直到家门口。院子里洒满明晃晃的月光，像蓝马山顶一样。我的父亲蹲在地上，母亲站在一边，双手紧握在胸前，向着月亮祈祷。

你杀了尼采？父亲问。

没有。我没有。

那尼采在哪里？母亲问。

我伸出右臂和左腿，说，这里。

我终于有了健全漂亮的手脚，可我却失去了尼采我的兄弟。但我知道他就在我的怀里，他说不出话，眼睛看不见，他既不是活的，也未曾死去。他用残缺的手臂和腿环抱了我的残缺，我们于是一起完美。

第二年春天，村庄里残缺的少年三五成群，陆续向蓝马山奔去。可到了下一年的春天，一个人都还没有回来过。

二〇一一年　四月

荒原

T·S·艾略特 作　赵梦蕤 译

四月最残忍，从死了的
土地滋生丁香，混杂着
回忆和欲望，让春雨
挑动着呆钝的根。
冬天保我们温暖，把大地
埋在忘怀的雪里，使干了的
球茎得一点点生命。
夏天来得意外，随着一阵骤雨
到了斯坦伯吉西；我们躲在廊下，
等太阳出来，便到郝夫加登
去喝咖啡，又闲谈了一点钟。
我不是俄国人，原籍立陶宛，是纯德国种。
我们小时候，在大公家做客，
那是我表兄，他带我出去滑雪橇，
我害怕死了。他说，玛丽，玛丽，
抓紧了呵。于是我们冲下去。
在山中，你会感到舒畅。
我大半夜看书，冬天去到南方。
这是什么根在抓着，是什么树杈
从这片乱石里长出来？人子呵，
你说不出，也猜不着，因为你只知道
一堆破碎的形象，受着太阳拍击，
而枯树没有阴凉，蟋蟀不使人轻松，
干石头发不出流水的声音。只有

一片阴影在这红色的岩石下，
（来吧，请走进这红岩石下的阴影）
我要指给你一件事，它不同于
你早晨的影子，跟在你后面走
也不像你黄昏的影子，起来迎你，
我要指给你恐惧是在一撮尘土里。
　　风儿吹得清爽，
　　吹向我的家乡，
　　我的爱尔兰孩子，
　　如今你在何方？
“一年前你初次给了我风信子，
他们都叫我风信子女郎。”
——可是当我们从风信子花园走回，天晚了，
你的两臂抱满，你的头发是湿的，
我说不出话来，两眼看不见，我
不生也不死，什么也不知道，
看进光的中心，那一片沉寂。
荒凉而空虚是那大海。

索索斯垂丝夫人，著名的相命家，
患了重感冒，但仍然是
欧洲公认的最有智能的女人，
她有一副鬼精灵的纸牌。这里，她说，
你的牌，淹死的腓尼基水手，

(那些明珠曾经是他的眼睛。看！)
这是美女贝拉磨娜，岩石的女人，
有多种遭遇的女人。
这是有三根杖的人，这是轮盘，
这是独眼商人，还有这张牌
是空白的，他拿来背在背上，
不许我看见。我找不到。
那绞死的人。小心死在水里。
我看见成群的人，在一个圈里转。
谢谢你。如果你看见伊奎通太太，
就说我亲自把星象图带过去：
这年头人得万事小心呵。

不真实的城，
在冬天早晨棕黄色的雾下，
一群人流过伦敦桥，呵，这么多
我没有想到死亡毁灭了这么多。
叹息，隔一会短短地嘘出来，
每个人的目光都盯着自己的脚。
流上小山，流下威廉王大街，
直到圣玛丽·乌尔诺教堂，在那里
大钟正沉沉敲着九点的最后一响。
那儿我遇到一个熟人，喊住他道：
“史太森！你记得我们在麦来船上！

去年你种在你的花园里的尸首，
它发芽了吗？今年能开花吗？
还是突然霜冻搅乱了它的花床？
哦，千万把狗撵开，那是人类之友，
不然他会用爪子又把它掘出来！
你呀，伪善的读者
——我的同类，我的兄弟！”

节选自第一章 《死者的葬礼》

▶ 读诗札记

很难用一个词来形容四月究竟是何样的季节，但它一定不该是“残酷的”。可自从T·S·艾略特说它“残酷”之后，这个描述仿佛再贴切不过了，而且是“最残酷”。

记忆和向往才是四月的全部，也是生活的全部。有冬天的遗忘记忆，有夏天的消暑向往，春天如何残酷呢，其实我一直都不懂。

美好多在春日萌芽，崭新的，初生的，幼嫩的。凡见生根发芽，心中必是欣喜愉悦，这是神迹的力量。比如，我们小时候有一首红歌《在希望的田野上》，那开场的旋律和气势，如今还清楚记得。

花园草木是尸首长成，极丑陋陈腐的化为鲜嫩枝芽，气息弥漫满空，在我是不曾忘记的惊心动魄。人间四月，周而复始的新生季节如期而至，美好记忆却已如梦幻泡影，眼前实实在在的废墟从根茎一直蔓至地面。于我，这景象更像是从前的良美前程皆换做不可救药的困顿现实，没来由的，随世事的阴差阳错立在面前，前途未卜，这一种心境可算沧桑。

夜晚阅读，冬去南方。这样的生活安静平和，大有相携白首之意。少年不知愁滋味的憧憬自不必说，在青春已嫌不足的我，亦当做许愿的内容。生活有千千万种，平凡安静越求而不得，越珍贵。

我素来喜欢爬山。山中的自由和开阔让人心生敬畏。正如到公爵家滑雪的玛丽，害怕山高，又向往山风自由。她需要做的仅仅是抓牢，抓牢她的亲人。在那么荒芜和恐怖的花园中，在这《死者的葬礼》上，却有太多的往昔好辰光，涌动的纯真，勾起我回忆。

于此并不完美的时代，做个不甚完美之人本并不难接受。可我却对一些不能解释的残缺，久久不能释怀。我从未放弃追问和努力，默默的，间歇的，在任何风景如画或者荒芜贫瘠之地。也许完美的另一面，是割舍或者死去。这变成了一道选择题。

所以，就有了我最爱的那座山，蓝马山；有了我那两个登山的兄弟，艾略特和尼采。他们在月光下一起滑下山去，一起醒来在波斯菊花丛间，既不会死去，也永远得不到完美。

02

▶ 我很喜欢我的小姑姑

我记得那时候我的小姑姑常常散下头发，站在阳台上看飘在空中的雪。雪下得越大，她就越开心。

家里人都说小姑姑任性。吃饭时，爷爷总说我读书成绩不好，为什么用功也读不好，究竟有没有用功，需不需要帮助。小姑姑这时候就不再吃东西，晃着头跑向卫生间。几秒后就听见从里面传出马桶冲水的声音。我知道姑姑是在那里吐嘴里没有咽下的饭菜。饭桌上，爷爷看着姑姑的饭碗无奈地叹气。奶奶冲着爷爷说，你干吗总在吃饭的时候说这些，饭也不吃了，她能长好吗。爷爷端起了酒杯又喝了一口，看着窗的方向不再说话。我于是乖乖低下头，继续吃饭。空气中充满了忧伤的味道。

后来到了上海读书，同学们都取笑我说吃饭本来是件开心的事，为什么我吃饭的表情总那么庄重严肃，还一副苦大仇深的模样。我慢慢回想，终于想起了家庭晚饭的氛围，我想起多年以来，一坐在饭桌前就习惯性地感到压抑和不情愿，里面还掺杂着呕吐的味道。这感觉我是那样地熟悉以致早已习以为常。若干年后，我在一部名叫《饮食男女》的电影里，重温了似曾相识的沉闷。

然而，我喜欢我的小姑姑。每次她从卫生间吐过出来，嘴唇上都挂着几滴透明的水珠。那是她用奶奶递过的杯子漱口后留下的。水珠时常顺着嘴角流下，她并不擦。有一回，我指着她的嘴递过一块毛巾。她用力甩开我的手，使劲咬住嘴唇。她的嘴唇一下变得湿湿的殷红，我心中莫名地一动。她当时愣愣地瞪着我，一定觉得我很傻，竟不知道清水的味道比吐出饭菜的味道好。

我的小姑姑只比我大七个月，家里很多人包括爷爷都说我直呼姓名就行了，而我偏偏喜欢这样的称呼，喜欢姑姑两字放在一起发出的声音。而小姑姑也只接受这个叠音，叫别的她一律不睬。有一次，我把这个共同喜好讲给了我大学时候的女朋友，没想到这个古龙迷脱口而出说我肯定从小被金庸小说给熏陶坏了。我反问这跟金庸有什么关系。她笑道，你敢说潜意识里从未把自己当成过杨过吗？对这个问题，我当时有点措手不及。面对这个容颜娇俏的江南女孩，我宽容地微笑。我说，亲爱的，那你有没有觉得自己有时候很像小龙女呢？

我记得那是我到上海的第二个春天，校园里火红的茶花快开败了，满树的紫荆和桃花开始健康煽情地绽放。

女孩子真的是上帝的宠儿。我看着正青春的女友穿梭在花丛和春风中，显然陶醉了。她也是一朵春花。

那一刻，我又想到了我的小姑姑，嘴唇湿漉漉而且殷红。她们在这一点上出奇地相似。我跟她讲了小姑姑。学画画的女友显然比学法律的我更容易沉浸于武侠的浪漫。所以，我的春花虽不是金庸迷，但依然愿意被人说成是小龙女。当时，她站在一株贴梗海棠旁边，我一边调焦距，一边取景。透过镜头，我见她得意地说，不过，你对小龙女可不够痴情！

在那片海棠的诱惑下，我又一次开始想念我的小姑姑。

小姑姑是爷爷和现在奶奶的唯一的孩子。我的亲生奶奶早已不在人世。奶奶的祖上原是满族正白旗下边的一支，她的爷爷据说还是常常见太后的。如今，一切湮灭无存，关于祖上的模糊记忆不过平添了一厢情愿的血统忧伤。但她对无根无底的爷爷始终觉得屈尊，她永远称这是下嫁。咽气前，她对爷爷说，好好爱你的女儿吧。爷爷想问爱什么女儿，爸爸和已经去世的智障的二叔以外，他们再无儿女的。然而奶奶已经固执地闭上眼睛，脸上没有微笑也没有恐惧。

爷爷对奶奶临终的话有些不安甚至惶恐。这话里有玄机，爷爷喃喃地说。家里人都不以为然，说这只因为骄傲的奶奶不甘心一辈子就这么结束。后来大家慢慢理解了爷爷，他的不安里更多的或许是愧疚，因为他有了现在的奶奶。

爷爷怎样于奶奶逝后五年再婚，轻度智障的小姑姑怎样先我一步来到这个世界，这些家族事件对我而言遥远而模糊。我只熟悉这个没有血缘的奶奶，她温顺而安静，和脾气暴烈的爷爷形成了鲜明对比。我敬畏爷爷，爱爷爷，也敬重奶奶，爱奶奶。每当我看到爷爷为了饭菜不合口味而发脾气，看到小姑姑破坏性的成长带给全家烦恼和尴尬……旁边永远都是奶奶无言的安之若素，仿佛被破坏的场面是神灵的拣选只应欣然领受。即使是今天，奶奶那份隐忍也远远超出我的理解和想象。

几年后，我离开了这个晚饭需要正襟危坐的家，去到上海读书。冬天的时候，我有了初恋女友。她在美院学油画，自信倔强，喜欢我叫她小龙女。我当时很爱她，不仅仅是因为这个称呼让我想入非非。

单纯的东西在时间的维度上总会变斑驳，这便是颠扑不破的真理。人们写故事、拍电影、做音乐，想说的都是这回事。没有常驻，只是过客。人事皆如躲在密叶里的陌生燕子，匆匆地来又匆匆地去。

可惜在那个年龄，我还不能猜透成熟的秘密，亦不知如何勇敢坦然面对。逃避成了最顺其自然的选择。这就是为什么一个凉夏的清晨里，小龙女哀伤地站在校园一段矮墙下，固执地要我当面给她一个正式的分手理由。

因了莫名伤感的名字被流传的，其本身的模样也许乏善可陈，就像此刻她身后那段平淡无奇的“情人墙”。正午，移转的金色阳光渐渐被沾有雨意的卷云遮盖，从温馨泥土里伸出来的树丛，端庄地在大雨中沐浴。

倔强的女友冒雨一直等到黄昏，我也没有赴约。我终究不是杨过，而且我拒绝给出理由。

随后，那一年的夏天，我收到许多张画。画里全都是水彩未干的深蓝苍穹，下面紧接着蔓绿的低矮石墙，每张画的蓝和绿都以不同色值呈现。仿佛是天地在每个时辰颜色的变幻，很美的无数张画。

我在上海盛夏湿热不干的气息里，看挂满宿舍的波普画，想象女友从前站在墙下等我的时日，生出些许错觉。我忽然分不清画中的辰光是过去的日子，还是将来我们共有的日子。

我的导师说得对：你们北方孩子夏天最好别在南方过。

可是我已无法安然回去，家在此刻正如女友画中的那些道墙，那些没有门径的墙。我再无从于门径中回望我的小姑姑了。

一个月前，爸爸电话里说，家里有事要我回去几天。我匆匆向系里请了假，心里乱糟糟地连夜赶回，我知道一定是小姑姑不行了。跨进家门那一瞬，爷爷和奶奶哀伤的眼神印证了一切。

小姑姑躺在床上已两年有余，医生说这样的孩子很少能活过二十岁。

那年她才十九，却已是暮年。

小姑姑生得黑，但因为很少出门，加上长期卧床脸上很苍白。夏天里，奶奶怕她热，并不给她穿衣服，只是盖着薄薄的毯子。那时她已说不出成句的话，只是咿咿呀呀着比画。我像看着初生的婴儿般，看着我的小姑姑，没有任何邪念，有的只是怜爱。她的嘴唇不复从前的湿漉漉。她的眼睛水一样透明，透明到了失真的程度。

我坐在小姑姑床边，冻了很多冰块给她。她把冰块拿在手里，冰水顺着她细瘦的指缝缓缓流下时，我的眼泪也默默流出。小姑姑极不怕冷，她喜欢握冰块，每握尽一块冰，她就把冻得青白的水淋淋的手心给我看，开心地呵呵笑。我挂满泪水的脸也陪她一起笑。

冰块弄得满地的水，却没有人责怪我们。我忽然忍不住悲痛，回身呜咽。再转回身时，小姑姑的手里湿淋淋地握了一把棋子。那盒棋子每天都摆在她床头，她醒了就抓几把在手里，这个习惯已经许多年了。

从前爷爷喜欢下围棋，小时候我们常常吃过晚饭一起玩。小姑姑自然不能够理解对弈的智谋，但她总喜欢在一旁静静地看。每次跟爷爷下过后，我便跟小姑姑下。当然，跟小姑姑下棋便是摆棋子。小姑姑最爱安安静静地跟我一粒一粒地摆棋子，摆得有模有样。通常我执黑，小姑姑执白。白棋总是俨然一条曲线蜿蜒穿行于黑色方阵，也许因为没有任何规律，所以角度路线看上去有些怪异。而我摆的棋局却是砌墙一样，严丝合缝铺陈满地。

我前世可能是个泥瓦匠，小姑姑前世可能是只会打洞的兔子。我常常指着棋盘这样跟奶奶说。有趣的是，十几年来我们每次摆的棋局几乎都如此。我不知道心理学家对此如何解释。我一厢情愿地相信小姑姑的世界就像常人难以想象四维、五维空间一样，常人虽不能至，但并不妨碍它的美轮美奂。

这一天，我跟小姑姑摆了最后一局棋。

这就是我打算在“情人墙”跟女友见面时，讲给她的最后一个故事。可惜我在最后一刻还是选择了逃避。因为我实在没有勇气面对残酷的事实。小姑姑去世后，医生建议我做染色体测试，以判断我是否具有智障遗传可能。

检测结果出来后，医生皱着眉说建议我以后不要生育。

头七的时候，我给小姑姑上坟。墓碑上，是我让人刻上的诗句：

当我踏出这芜杂的门径，关在里面的是过去的日子，
青草样的忧郁，红花样的青春。

二〇一一年　七月

园

▷ 穆旦

从温馨的泥土里伸出来的
以嫩枝举在高空中的树丛，
沐浴着移转的金色的阳光。

水彩未干的深蓝的天穹
紧接着蔓绿的低矮的石墙，
静静兜住了一个凉夏的清晨。

全都盛在这小小的方园中：
那沾有雨意的白色卷云，
远栖于西山下的烦嚣小城。

如同我匆匆地来又匆匆地去，
躲在密叶里的陌生的燕子
永远鸣啭着同样的歌声。

当我踏出这芜杂的门径，
关在里面的是过去的日子，
青草样的忧郁，红花样的青春。

一九三八年　八月

▸ 读诗札记

七年前，我曾做过诗人穆旦的研究现状综述。第一次全面了解和阅读了他的生平和诗歌，当时惊为天人。他的诗歌，特别是三四十年代的现代诗歌，沉郁刚烈，从古典中出而不俗白，兼多重哲思缠绕，诗意和技巧在同代诗人中都显得“另类”许多。

我不敢触碰他一九七七年辞世前的绝唱《尽头》——“这才知道我全部的努力不过完成了普通生活”，亦小心翼翼地掠过他四十年代《诗八首》中的名句“上帝啊 / 你给我们丰富，和丰富的痛苦”。我于是一路飞奔回溯，终于走进了他的《园》。

一九三八年写下《园》时，穆旦时年二十岁。本来风华正茂的血气年纪，彩色青春也绘得有声有色，可末段三行转笔却将青草和红花写得那般青涩而忧郁，腾空的气息让面颊湿润，我一下被迷住了。这不是又明媚又忧伤的小时代文学，是真正的青春的忧郁。那一道门径，让我想起了太多的出走，一次又一次，出走后复又归来。岂知穆旦先生那出走的青春，如今已变作时代的潮水，流淌不尽的无奈。“过去的日子”，这简单浅白的五字跨过许多欢笑和愁肠，勾起我重重的记忆。芜杂的心绪，芜杂的生活，是每一个忧郁青年的行囊底色。

我庆幸读此诗时并不在二十岁，否则我必不能够感动。

很多人问我，你真的有这样的小姑姑吗？答案是，《我很喜欢我的小姑姑》是个虚构故事，但故事里涌动着真实的青春。我亦非同一般地爱着这个小姑姑。从读到此诗到写成这个故事，我花了五年时间。五年之后，我终于可以从忧郁中起身，义无反顾地跨过那道门径。如同这一首美丽的诗，它不应该是个矫情年纪里的矫情故事。它的肌理怀着青春的丰富和痛苦，我把那叫做忧郁。

03

▶ 绳结

药湖边，木阁楼下，总是坐着一位老人。

他苍苍白发，日复一日地打着绳结，打好便解，解开又打。偶尔，从木阁楼里跑出来一位黄衫少女，对着他比比画画。没有人知道他的姓名和身世，他也从不跟人讲话，人们都认为他大概是个聋子或者哑巴。

一日黄昏，有个一袭黑衣的少年来到老人面前。他从怀中取出一段三丈余长的墨绿绳子，深深鞠躬，道："家父从小教我打结，可惜我只会打结不会解。家父说这样终究什么也练不成，便要我来药湖找一个无脚的人，说他能在顷刻间解开所有的结。"

老人聚精会神，依旧打结。

少年不慌不忙，收起绳子道："您的手巧，我的腿脚也很巧。家父自幼教我轻功，若是我一口气转的圈，多于您手中的绳结，您便教我解结，如何？"说罢一转身，片刻工夫围着木阁楼转了五六十圈。他双手背在身后，仿佛在冰面滑翔，行进的路线不似寻常奔跑之人，而是踏歪偏的方位交替向前，步子大小有别。带起的风中，裹挟一股奇异的劲道。

老人银白的发须在风中微微飘起。

药湖上有两只飞鹰掠过，发出"啊呀"的叫声，此起彼伏。

少年围着木阁楼转到一百多圈时，老人打了个手势。少年停住，从怀中再次取出绿绳子递上前，道："其实，家父让我拜您为师。"

黄衫少女不知何时从木阁楼里走了出来，盯着那截墨绿绳子看。

老人不答话，只是接过绳子的一端，将另一端轻搭在少年手中，但见数尺长的绳子上端端正正地打了几百多个不同的结。老人用枯瘦的手指，从绳尾一个繁复的结开始，扭绕抽穿。三盏茶的工夫，绳子已变做光滑如一条青蛇。

翌日，少年又出现了。

他依老人的手势，围着阁楼旋转。他的身影依旧纸片一样轻盈飘忽，脚步歪斜散乱，可速度却一圈快似一圈。

老人指尖跳跃，噌噌发声，几似梨花落阵。在少年转到第五百圈时，老人手中墨绿的青蛇不见了，掌间托起一顶小小的墨绿草帽。

少年停下脚步，惊异地望着那顶奇异的帽子。在帽檐和帽筒的交界处，腰带般密密麻麻地缠绕了一圈一寸宽的细小绳结。所有结打得不尽相同，远观竟有几分若春夏百花，致相万千。少年瞪大双眼，盯着草帽久久不能平复，难以置信它出自眼前一双枯瘦之手。

老人用这枯瘦的双手，指向湖面。少年看去，一时竟呆了。

夕阳里，药湖的水面闪出一层白光，那并非夕阳之芒，而是一片翻着肚皮的银鱼。每年这个季节，山上的杜鹃花开过后，纷纷随风飘入药湖，湖中的银鱼极爱吃杜鹃花蕊，这种花蕊含一种麻痹银鱼之物。银鱼食过后，会翻过银白的肚皮，醉酒一般，浩浩荡荡盖满大半个湖面。

药湖老人放下手中的草帽，出神地注视着一片醉意的湖面。他的手指在微微颤抖，仿佛是计算着银鱼的数量。

那少年，没有先兆的，突然拿起老人手中的草帽，一跃跳出几丈，跑开了。

老人望着少年远去的背影，露出了神秘的笑。他身旁正站着那位黄衫少女。

霞光飞满天际，暮色好似满怀期待，迟迟不归。

凝视湖面的老人，头忽然微微右侧，他浑浊的眼睛猫一般机警地放出光亮。远处，一路人马正飞奔而来，从身形判断，各个必是轻功绝顶的高手。

老人的瞳孔蓦地紧缩，眼中掠过一道凌厉的光。他看到跑在最前面的，正是那黑衣少年。那顶百结绽放的草帽在他头顶翠色欲滴，众生呼喝追逐。

少年一个箭步跃到老人面前，余者二十几个呈圆圈将老人围在当中。每人手中持一把羽扇，颜色各自艳丽，羽毛随风飘动，煞是好看。

为首的四十出头，雪白羽扇，雪白纶巾。他长长慨叹一声，道："绳结掌门丁二先生，一别十六载，不想竟已白发银须，当真成了朽木一根！不过纵使你剩了一副骨头，我羽扇纶巾雪白子也不会错看你！"

药湖老人眼神悲戚，抬头不语。

那人又道："当年，你用一根绳子吊死我羽扇门三位长老。我这十六年人生，便是寻你回山祭慰。天可怜见，前日让我在药山脚下碰到这少年。他竟向我打听药湖边一位无脚的人。我一听，便立刻想到了你……"

雪白子轻摇羽扇，一道劲风立刻袭向少年。那少年轻功果然不错，双足如同沾在地上，借力后滑。一滑之下，上身后仰几近贴到地面。雪白子一个转身，刷地收起羽扇。更多道劲风连续向正待起身的少年冲去。若是击中，他必得借力继续后滑，以少年的轻功，倒不至致命，但十丈开外却便是那老人的木阁楼。

雪白子这一招意图显而易见。

少年正待后滑之时，一根绳子缠住了他腰间。他脚未离地，身体侧向急速翻转，一直停在绳子主人的身前。他双足立定，惊魂不定。

雪白子展开羽扇，眯起双眼，笑着继续道："丁二先生没了双脚，手上的功夫却不减当年！今日我同样也是借这少年找你试试身手，一探虚实。果不其然，他头顶的草帽印证了我的猜测。当今世上，能用一根绳子编出草帽而无绳结的人并不多，而能将一顶草帽打出数百个结且不重复的人大概只有丁二你一个。”

木阁楼里快步走出一位黄衫少女，目光清澈，微微笑笑。她径直来到少年身旁，信手摘花般取下他头上的草帽，戴在自己头顶。少年一惊之下，后退两步。

黄衫少女点指雪白子头上的枝杈，道：“敢问先生，被吊死的人脸上怎会有血？”

雪白子道：“小姑娘，你说是为什么呢？”

黄衫少女向前一步道：“十六年前，绳结羽扇两派因地盘之争决斗，决斗前一晚，羽扇三长老被吊死帮派门前。江湖传闻丁二掌门毁约先下了毒手。随后，五大门派发出封杀令，血洗绳结门。围攻之下，丁二双脚被废，伤喉失声，满门尽死……”

“只可惜，还是被他逃了！”

“不是逃，是得一黑衣飞侠相救。”

“你究竟何人——”雪白子手中羽扇忽然顿住，直视黄衫少女。

“我是何人又有何妨？比我是何人有趣的是，我竟还知道三位长老是被人下毒后，再被吊死的！”

“当年，我门下三位长老确是被丁二吊死，五大门派皆是见证！何来下毒之说？丁二手法残忍，吊死后还连根削了三位长老的发髻，让他们血流满面，极尽侮辱，实在是我武林公敌，天下正门正派皆不能容……”

“可知三位长老满面所留的殷红鲜血，不是为了掩盖七窍流出的黑血？否则，人既已杀之，吊上，何苦还要费时费力削掉头发，而不速速离开？”

“三位长老被发现之时，已然血干凝黑，怎会有掩盖一说，分明是丁二狂妄狠毒！”

“雪掌门，你错了，就算三位长老被发现时已然惨死，无法言说真相，可知他们的身体不能言说？”

“三位长老已被害死十六年，我倒很是愿意听听他们如何言说。”

黄衫少女绕过老人，跑进木阁楼中。

忽然三样黑黑的东西直奔雪白子而来。他旋身闪开，羽扇一展，三样东西稳稳地被托在羽扇之上。在场所有人不禁“啊”地叫起来，那竟是三副人的手骨。

“雪掌门可还认得这三只手骨吗？不错，都是六指手骨。跟雪掌门六指入师的规矩一模一样，而且还应了削去第六指的第一关节，方可练就羽扇神功的规矩。”

雪白子倒吸一口冷气。

果不其然，确都是他羽扇门长老级弟子才有的手骨。那三副手骨白惨惨中渗着黑色，分明是中毒才会有的模样。

“你跟丁二到底是何关系，道听途说岂能作数？”雪白子喝道。

药湖老人打着绳结的双手微微颤抖。

“当年那黑衣飞侠，你总见识过吧！”

“不错，我雪白子今日也承认，那人的轻功绝世罕见，若非如此也绝不能在五大门派高手之下救走丁二。若是那黑衣飞侠站在我面前，我必认他出来。只可惜，他今日并不在此。”

黄衫少女环视了羽扇门来众，缓缓道：“黑衣飞侠的确不在此地。不过，当年被他救下的除了丁二掌门，还有别人，雪掌门总还记得吧。”

“你是说那……”雪白子脸色顿时惨白。

“正是他那一双儿女，便是我和他了！”少女手指旁边的黑衣少年，少年闻听眼目中闪出惊诧的光。

“可你们分明昨天才刚见面！”

“当年时局所迫，爹爹求那黑衣飞侠把他养大，同时定下日后相认以一根墨绿的绳子为证……”

雪白子将雪白羽扇“刷”地收起，其余人脸色阴沉。

“五大门派串通勾结，要毁掉绳结门，因为人人都想要那根空前绝后的镇派神绳，和绳上记写的神功……”黄衫少女声音清脆。

雪白子向前一步，恨恨地问：“这么说，你知道神绳的下落了？”

黄衫少女冷笑道：“人尽皆知，神绳随绳结门的灭门，已消失十六年。只不过，它昨日才重现于江湖……”

“你是说——你是说——是说——”雪白子指着黄衫少女的头，脸目僵住，一时语不成句。

少女取下头顶墨绿的草帽，俯身递给老人，走进了木阁楼。

众人亮出兵器，准备迎战。

老人将那草帽放于掌心，一只手伸进帽筒，也不知怎样拽拉了几下。然后仰头朝天空发出鸟兽般的啸声，尖厉而绵长，声音在药湖和药山间回响。

很快，药湖上空飞来两只蓝头大鹰。它们巨大的翅膀遮住了身后绮丽的云霞，一径从高空俯冲而下，势不可挡。一惊之下，众人手中的兵刃纷纷掉转了方向。

老人眼目清朗，仰首，高举枯瘦的双臂，似是久旱的土地迎接迟来的春雨。

两只蓝头大鹰转眼间来到木阁楼顶，盘旋着，似是欢喜地“啊啊”地叫个不停。

老人将草帽高举过头顶，手从帽筒中拉出两根绳头，朝两边一递，两只大鹰俯冲下来，各自衔起一根。草帽便随大鹰飞向了空中。在药湖上，越飞越高。

老人再次发出啸声，并行的大鹰开始东西两向飞翔。

众人循声望时，同时失声叫了起来。

原来，那墨绿的草帽被两只大鹰径直一拉，成了一根数丈余长墨绿的绳子，横着停驻在半空金色的夕霞中。

不知何时，空中飞来许多褐色的鸟群，它们簇拥国王和皇后般，哗啦啦地扑扇着如云的翅膀，在两只大鹰上下旋转翻飞。

没有人看清楚，黑衣少年是何时出手的。

众人再看时，他已背起老人蹿出了十丈，摇晃的身形直奔药湖。

黄衫少女已然站在了药湖边，从木阁楼内地道的另一端。

她朝天空发出鸟类清亮的鸣叫，一只大鹰松开了衔着的绳头，另一只大鹰衔着长长的绳子悬在少女的头顶。少女轻身一跃，伸手正好抓住了垂下的绳头。

夕阳又下沉一度。

少年背上的老人，远远地朝黄衫少女指了指湖面，做了个向前的手势。少女拉着绳结一端，喊道："来得及！来得及！"

夕阳中，老人似乎轻轻叹了口气。

羽扇门一众皆非等闲之辈，个个轻功亦是上乘。他们一待缓过神来，立刻晃动身形，一拥跃起，直追那少年去，距离越来越近。

少年腿上的功夫果不出老人所料，的确刚刚好。

还记得药湖里的银鱼吗？

它们贪婪地食过杜鹃花蕊，在黄昏中翻过肚皮，盖满湖面，久醉不散。不过无须担心，因为它们总能赶在太阳下山前的最后一刻苏醒过来。于是，你会在夕阳的暮色中，看到银鱼一个接着一个地翻过身，摇摇晃晃地随着溅起的水花，各自而去。

那千百度的情景，正如眼前的无二模样。

三人在湖面处会合。

少年背负无脚老父，黄衫少女在一旁拉着绳结的一头，头顶悬着两只蓝头大鹰和一片褐色鸟群。他们飞速掠过密布湖面的银鱼，踏过处，银鱼惊醒般纷纷翻身，摇摆尾巴，惊异于夕阳竟如此短暂。而银白闪光的湖岸像一道画轴，从这一岸向着对岸迅猛卷起，卷过之处，水面一汪碧绿。

紧随其后的羽扇门众多高手，追至湖边，眼睁睁地看着三人和鸟群消失在湖面深处，无从踏波追赶。

许久，药山间传来黄衫少女学扮的婉转之音，啾啾争鸣，似盈盈不可诉说的纯真年华，一时飘出无限轻奇意趣。

尽头处，仍能依稀辨得那些褐色的鸟群。它们穿透药山层层的岩壁，降落在黄衫少女那细细密密清亮的回声里。

二〇一一年　六月

▶ 无题

▷ **北岛**

苍鹰的影子掠过
麦田战栗

我成为夏天的解释者
回到大路上
戴上帽子集中思想

如果天空不死

▸ 读诗札记

我喜欢北岛先生的许多诗歌。我像他的其他粉丝一样，将他上世纪八十年代的诗句视为黎明前的预言，常年随身携带。

“卑鄙是卑鄙者的通行证，高尚是高尚者的墓志铭”；“在没有英雄的年代里，我只想做一个人”；“谁校对时间，谁就会突然衰老”；“只要心在跳动，就有血的潮汐”……这些诗句太深太沉，我年轻的手不知从何处着力才不算辜负。

这一首《无题》极短，但里面所有的词句都是我钟情的。我父亲的名字中有“鹰”字，我自小亦喜欢苍鹰展翅在天的自由和速度，而海浪般的金色麦田竟然会战栗。我被这萧索肃杀的气氛紧紧吸引，知道一定将要发生些什么，终于忍不住编织情节应和。我常常走在路上，隐没在人群中，思量一些不能解释的因由，在一个不能够解释的季节。

北岛先生曾自己解释道：“这诗句其实有种悖论式的紧张，说来年轻时的天空是不死的，但虚拟语气对此提出了质疑，那正是青春期的困惑。”

这样青春期的困惑，如同那一顶百结绽放的墨绿草帽，纵是明艳美丽，也许多的纠缠不清。天空在头顶，也在心中。天空不死，心便有灵。然而，喜欢古龙的我似乎并不擅长武侠故事，我放飞其间的自由和洒脱既是敬佩所致，亦是一生心意所向。

小说《绳结》是一篇情节并不出乎意料的武林往事。老去的不是时间，是物是人非。天空下发生的事，血雨腥风、险象环生和许多恨不能，终将如药湖的湖面归于平静。银鱼的肚皮史书模样，每日黄昏被翻过一页，无穷无尽。天空到底会不会死？我猜半世漂泊的诗人已经看到了尽头。因此，智者侧身笑傲江湖，贪者继续争名夺利，同室操戈。

不错，这首诗中藏着我父亲的全名。

04

▶ 桂花香·银杏苦·山路弯

桂花香

说到我的上级桂花牺牲的事，没人比我更清楚。

那时候，我每天早晨都会去大树胡同卖烟。胡同口有棵高大的桂花树，树旁是一家茶楼，旁边还有一爿绸缎庄和杂货铺，每天人来人往的，很是热闹。

“上好的香烟！上好的香烟！”

“先生，买包烟吧！”

“买包烟吧，先生！”

桂花是茶馆的老板娘，总爱穿一身蓝布旗袍，脸膛黑黑的，不过黑里还有几分俏，挺招人看的。她平时就坐在茶馆大堂跟茶客聊天，偶尔会叫跑堂的小伙计出来买烟，赶上心情好，还会让他赏我口大碗茶喝。每当这时，我就赶紧从烟篮底下拿出一包紧俏的“集人牌”日本烟，聊表谢意。不一会儿，桂花会出来站在茶馆的门槛后，手里拿着她随身的白色手绢，向我微微点头。

没人知道，情报被我巧妙地画在了“集人牌”香烟的封面上，由于我自幼擅画，而且日语和汉字又相仿，因此我和精通日语的桂花如此传递敌军的情报数月，从未失过手。

四月的一天，桂花突然一个人跑出来买烟，付钱时她低低地说，她怀疑自己的上级叛变了，为了保住她的下线，她必须冒险将叛徒灭掉。如果成功她就在树上晾上她的白手绢。如果她牺牲了，我就立刻通知所有同志转移。

三天过去了，不见桂花，也不见那晾在树上的白手绢。

第四天中午，小伙计又出来买烟。我刚要拿烟，他一手按住烟篮，一边用眼角的余光张望，低声说：“桂花同志已经牺牲了，她还没来得及除掉叛徒，就已经被敌人秘密抓走了。她临走时跟我用暗语说，让我来，以后我就是你的上级。”我默默点头称是，同时从烟篮侧面给了他一包“集人牌”香烟，并告诉他情报就在烟卷里。

当晚，我通知所有能联系到的地下组织的同志立刻转移，当然出城前，我没有忘记在大树胡同的树上挂一方白色手绢。那是为祭奠桂花的，也为了圆桂花的夙愿：叛徒已死。

之后，组织安排我去了湘西，就在湘江边上。江边全是稻田，风一吹，稻浪积岸，山幽水静。

新中国成立后我一直住在这儿。如今我老了，但我从没忘记过我的上级桂花，还有桂花的上级，也就是那个小伙计。当年他最后一次来买烟时，我没有告诉他，任何人只要打开那包装涂了剧毒的烟，就会送命。

有一次，我梦里走在大树胡同闻见了桂花香，醒来又想起了树上晾过的白色手绢。

银杏苦

夜里，走在银杏树街边的一个女子拦住了我的去路，坚定地看着我说她是个贞烈女子。见我没答话，她很快泪流满面，好像我做了对不起她的事。她哭得悲戚阴沉，仿佛水浸眼眉般，只待我临危一拉。她说我知道你心里想什么，你觉得我是个婊子。我仍旧没答话，冷冷地看着她。她也不再讲话，就站在我面前无声地流泪，一直流到那眼泪由透明渐渐变成了深夜一样的黑色。

那一刻，我竟然相信了她，并和她做了朋友。

后来，我还帮她挂了一块牌匾，告诉所有人她是个货真价实的烈女。只是，我再没见过她，除了梦里。

一次，我们在一株很高很直的银杏树下喝菊花茶水。街边一到这个季节，飘下来的银杏叶子厚厚的一层，铺得整条街都是。望过去，明黄的底色高高低低一大片，怎么看都不能够悲秋。这条街因此叫做银杏树街。

本地人有由来已久踩银杏叶片的习惯，据说在月圆的时候，可以据此从叶片的碎裂声中听到已故至亲的声音。我们就从这个神秘的习惯聊了起来。

她说，你知道吗，我过世的母亲会算命。不过，这是作孽的，谁泄露了天机，上天就会来惩罚谁。

我说，这东西其实是一种归纳法和心理战术，你还真以为人能探测到天机啊。

她说，我不知道。很多人说我母亲算得准。但她从不算我，也不教我算。只是临终前对我说，如果想知道一个人有没有来世，就去数一数掌心是长方形更多还是三角形更多。长方形是恨，三角形是爱。

我摊开手掌，低头探看，掌纹密如蛛网。

如果你的恨多于爱，你就不会再来了。这世界已经太多恨了，它需要的是爱。她接着说。

天哪，我的长方形好多啊！我惊叹道。

我当时就问我母亲她还会再来吗。

她说。至少有五十个。我对着掌心皱眉。

我以为她会留恋我们。

还是数数三角形吧。我说。人生虽然苦短，可我仍希望自己有来世。

可是，我母亲摇摇头，说她为了不来所以去恨、去泄露天机。

各种三角形都要算吧？

我问母亲你恨什么呢，为什么这样恨？她说这世上值得恨的太多了，远多于值得爱的，又苦又长。我说，我觉得正好相反。

我的左掌心共有三十三个三角形。

然后，我母亲就闭上了眼睛。

不，是三十六个。

风吹过，银杏树又开始沙沙地响，菊花茶水的杯子旁边多了一片飘落的银杏叶。我顺手把它放进杯子。银杏叶活血，我说。然后举起茶杯，默默地喝着茶水。

你还知道什么东西活血吗？我问。

她摇摇头，说你太在意自己的身体了，其实你挺健康。

我捂住停在了半空的茶杯，眯着眼睛看天，说我知道。

平地木，河百草，积雪草，合欢皮，络石藤，扦扦活。你说这些东西放在一起吃是什么味道？

女子摇头说，那些东西我死也不肯尝，太苦了。

我说，即使它能完全改变某些事情吗？

她说是的，我绝不妥协。

我听过一个很古老的传说，许愿之后，每天吃这些活血的东西，长此以往，掌纹会慢慢改变，你母亲有没有说起过这个？

女子一凛，说你想知道命运会不会改变？这我母亲没有确定地说过。

见我不响，女子又说，我母亲只是说，每个人的命运早就被明明白白地写在天上了。

我说，如果能写，就能改。

可是，就算命运能改变又如何，你永远也不知道改变是否比不改变好。

我当然知道命运的悖论，只是我并不想求更好的那一个，我只想求心里愿的那一个。

女子指着脚边说，就凭这满地的银杏叶吗？你真是疯了！

我把左掌伸到她面前说，让我证明给你看吧：我已经喝了十年，它每天都在变。

她定定地望了我半晌，缓缓说：这十年，一定很苦吧？

我把手从杯口移开，说跟这泡久银杏叶的茶水差不多。

可是，你究竟想要改变什么呢？她问。

我希望把你的牌匾摘去，我希望我们能重新开始。

天渐渐黑了，明黄渐渐退去。

夜色中我流出了眼泪。

这一次不是梦境。我醒了，而我却在另一处时空永远地死去了。死去的人是不能开口讲话的，就像月圆时候满地的银杏叶片，它们只有死去才能重生。因此，我只好通过一个个模糊的、似是而非的梦境来述说我那不值一提的哀愁和爱恋。

山路弯

蓝马山有着最不可思议的日出。

那是所有真正的登山客毕生都想要朝拜和挑战的圣景，因为凡是看到蓝马山日出的人之后都如愿登上了所有的山峰。但据史录记载，这一百年间，所有的登山者均无功而返。

进山之前，我们参考了各种各样的登山攻略和地理史料，做了极其周密详尽的计划。为的就是不误入传说中的歧路：十八弯。

十八弯被众多登山者喻为不堪回首的死亡之径。前面是无异他路的坦途，可最深处却藏于绝壁之侧，巨大的岩石突兀林立形成十八个连续的直角，无从抓攀。而它的恐怖奇特之处在于，此间的山形地貌让人难以觉察危机，一旦发现便已难退回。所以，祖辈们的经验说，登山时不要迷恋路边的风景，要时不时地回望是否有退路，以免误入歧途。

我们一行三人行至半山腰，产生了分歧。

领队认为我们应该回头，因为他觉得这一路过于顺利，所以前面必有凶险。而队尾则认为我们应该继续前进，因为并未出现任何实质的异样状况。于是，他们转向中间的我，问我有什么意见。

彼时的我正在犹豫不决，只好强作镇定地出了个主意——领队和队尾调换位置，我仍在中间，三人间的距离拉大至之前的二倍。这样，想走回头路的领队可以随时回望，若前方有了危险，他反而最为安全。队尾站到了最前面，他可以按自己的判断乘胜追击。

三小时后，领队和我同时改变了之前的判断。领队开始犹豫不决，而我则认为危险近在咫尺。于是，领队到了中间，而我排在了最后。

又过了三小时，我们三个同时改变了判断。这一次我到了队首，领队到了最后，队尾到了中间。

结果，天黑前，我们一起否定起了之前的路线，于是又按照初次上山的顺序排队下山。可谁知，当下到最初出现意见分歧的半山腰时，我们又一股脑儿地认为下山的判断错了。最后，大家又一次走上回头路，往山上去。

我们无限向往的直线距离，一次次地缠绕于脚下犹疑和恐惧的神经，登顶之路因此细碎绵长，不知所终。

很快，这没有尽头的旅程让我们变得异常敏感，越来越警惕路途中每一处不同寻常的风景。有时候，一棵树冠或一条枝杈的形状就可以让我们变换队伍的序列；我们曾在一处山间瀑布旁争论三日不休，论点从地质地貌、生物学、进化论、星象学到人类学甚至量子物理；我们几度走走停停，只为实验仿真一旦遭遇了直角林立的“十八弯”，怎样的队列次序和角度才能最大限度地幸免于难；我们还曾同时信誓旦旦胜利在望，因而三人并行数里，直至遭遇一望无际的岩壁，然后怯怯循原路退回……

时间仿佛被无限分割放大，叠加在山间的花草中。三个人似曾相识地迷失和寻找，伴着幻觉和不安，结果总是徒劳。行走成了一种惯性，回头路成了欣赏风景的借口。倒是头顶星辰的移转，让我们依稀记得此行的初衷。

如此往复，十年间，我们边走边做记录，画了无数张地形图，走遍了上山的每一条小路。我们不停地改变队列的顺序，不停地推翻之前的判断，不停地走着回头路。

初时憧憬中夹杂的犹疑持续地扩散，一早演变成了恐惧。恐惧是什么呢，恐惧不只是脚下没有止境的回头路，更像是因为没有足够的勇气结束它。十年了，重复比胆怯更加可怕。它让人生出形而上的错觉，庄生晓梦般开始嫌弃路上的人生。

终于，我们相约再不后悔，再不走回头路，管它什么险象环生的“十八弯”，就算看不到蓝马山神奇的日出，也要将这重复的人生舍弃在身后。

谁知只大半天时间，我们就到了山顶。

二〇一〇年　十二月

▶ 圣洁的埃米莉（Sacred Emily）

▷ **格鲁德 · 斯坦因** （Gertrude Stein）

中译

萝丝姑娘是一朵玫瑰，
就像玫瑰就是玫瑰一样。

可爱到了极限
多余的绑腿。
可爱到了极限，
甜蜜的冰激凌。

书籍一页页地老去，
岁月也被书籍一页页地刻记。

原作

Rose is a rose is a rose is a rose.
Loveliness extreme.
Extra gaiters.
Loveliness extreme.
Sweetest ice-cream.
Pages ages page ages page ages.

1913

▸ 读诗札记

若跟随 Doctor Who 钻进他的 Tardis（英国科幻电视剧 Doctor Who 中的时间机器和宇宙飞船），去百年前巴黎文艺界转一圈，最可能走进的便是格鲁德·斯坦因（Gertrude Stein，1874–1946）高朋满座的家庭沙龙。我发誓，这一幕我早已想过许久，并非要跟伍迪·艾伦（Woody Allen）在《午夜巴黎》（*Midnight in Paris*）中英雄所见略同。

斯坦因出身好，气场又是一等一的教母范儿。很难想象，就是这个指着海明威们说“你们都是迷惘一代”的威武女人，写起诗来，会满行极简相迭的字词，孩童般不理会语法。比如：

Rose is a rose is a rose is a rose

斯坦因后来受不了世人不解，忍不住解释说自己写的并非废话，自然知道 rose is a rose，不可能是别的。纵然她不解释，这句子我也喜欢得不得了。敢于用这样简单直白的字词，堆积木一样组合传达出成人世界捉摸不透的言外深意，不是天才又是什么呢。

Pages ages page ages page ages

“书页”和“年龄”，本是八竿子打不着的两个词。经人家这么一叠放，时光流转，就都有了生命。这便也是天分。

前几年中国大陆有一部热播谍战剧叫《潜伏》，除去意识形态的部分，情节甚是吸引人。可惜，到了我这里，只写出这八百字的《桂花香》。不是八月，也不知观者，可闻到了花香？

《银杏苦》等于它的字面意思。那梦境是谁多年来不曾愈合的伤口，又是谁不能释怀的追问？

《山路弯》等于它的字面意思。那山峰是谁一直攀登的，又是谁一直迷失其间却不肯停下的？

说不清楚这三篇迷你小说是谁的故事，希望那主人公如同威武的斯坦因和喜欢简单句的斯坦因一样，皆不可多得。

05

▶ 夜光台球俱乐部

考选修课二外德语之前，我收到了一份台球馆的兼职面试通知。下午三点半考试一结束，我就直奔豹房路一三九号。

豹房路一三九号静静独立在街东侧一隅，两层楼高，看样子以前是座仓库，周身斑斑铜锈，散出与世隔绝的气息，稍显不合时宜。黑漆大门顶上横着一块黑漆牌匾：夜光台球俱乐部。

我上前按门铃。

这时才注意到，门环处还有一行小字：营业时间 8pm-8am。神出鬼没的时辰。惊讶时，门开了。一个眼睛闪亮的青年对我笑了笑，优雅转身示意我跟他进去。

走过几段胡同般曲折的小路，豁然开朗。空旷的室内有几个篮球场大，吊顶高得几乎可以做跳水馆。十几张台球桌呈一条直线，居中排列，仿佛一组诗行。其中有两三桌在打球。球台的一侧是十几扇高高的落地窗。下午的阳光打进来，单纯的黑白光影消解了日常的背景，让人生出迷失时间的误会。

眼睛明亮的年轻人高我三公分，穿一件印着数行德文的白 T 恤。他走到其中一张台球桌旁，跟我说："我们这里的工作人员都要求懂台球，你简历里说自己有斯诺克天分，我想看看你的水平。"他边说，边把球杆递给了我。

我点头。接过球杆，走上前去看桌上的斯诺克残局。

"现在比分多少？"我问。

"三十五比六十五。你是落后一方。"

我定定地盯了三秒钟，缓缓地看着那年轻人说："现在桌上还剩下十颗红球，满分是一百零七，如果我清台，能超过对手七十七分……"

眼睛明亮的年轻人做了个暂停的手势，疑惑地看着我。接着，他指向另一张打到一半的球桌，问：“你看，那里有多少分？”

我扫了一眼，顿住几秒钟，说：“红球十一颗，牌面共一百一十五分……”

“那张呢？”

“红球九颗，牌面共九十九分。”

“你如何算得这样快？”他问。

“因为我需要这份工作。”我淡淡地说。

年轻人眯着眼睛，慢慢地笑了。他伸出修长的右手说：“你被录用了。我叫李尔克，是这里的老板。”

别人的记忆是沙漏，而我的记忆却是连绵不绝的胶片，你也许觉得有趣，但这确实是一种奇特却也枯燥的体验。一把火柴撒在地上，普通人看一眼，能迅速辨认至八九根，极限不会超过十四根——而我却可以达到三十七。

接下来的几个小时，李尔克带我熟悉了球馆的各个角落。

这时，他正在给一局九球开球。

啪。

空旷的室内回荡着台球撞击的响声，此起彼伏。不同花色的球在草坪一样绿油油的台布上碰撞滚动，充满了偶然和必然。

四球进袋，球形有点难度，但仍具备一杆清台的可能，相当不错的开局。我拍起了巴掌。

“你相信因果吗？”李尔克抬起身，围着桌走来走去，观察球形和走位。

我点点头。

“但那并不能解释一切。我有时候觉得，球的运动是无缘无故的。它们无缘无故地旋转和碰撞，无缘无故地走位，无缘无故地摔袋，又无缘无故地进袋。在球桌上，你的力量不过是个借口，是个偶然。它们充满了谜。你永远无法了解它们必然轨迹的全貌，或许只有造物主可以解释。”

我尴尬地摇摇头，虽然不能完全明白，但又觉得似乎有些道理。李尔克终于站定，从站位猜测，他可能选择跳球打三号球，白球弹两库，再打四号。

“我常默默地看着这些球胡思乱想，我几乎做到了控球的极限，可为什么有时球能进，有时却不能？什么是偶然，什么是必然？有一句德国谚语说，只发生过一次的事，等于根本没发生过。你听过吗——没关系，不过你真应该多读读德国谚语，很耐人寻味——对，为什么根本没有发生过呢，我一直想不通。直到有一次我竟然一杆开球全进——你也觉得是巧合吧——而我当时却觉得并非如此，我认为所有球的旋转、角度和力量都是被一只无形的手精密掐指计算过的。这不是偶然，这叫必然。如果一切都是必然，那么发生一次和一万次，结局就都是一样的。”李尔克盯着白球滔滔不绝，也像是独自低语。他出杆异常利落，果不其然，白球飞身跃过黑八直奔三号球——啪——三号球应声落袋。

“你打球时，有没有这样的时刻，因为无法控制未知的局面而呼吸困难？”他轻推白球，力度让四号球刚好滑进。白球轻弹一库回来，正好停在了五号和七号球后面，三十度的锐角刚好能打中袋。

“呼吸……呼吸困难？”我迟疑着附和。

“对，一种即使打进也并不轻松的时刻。我可以每天打十几次单杆一百四十七分，可越是如此，我越是觉得呼吸困难。每局打完，我都觉得这些球仿佛是有了生命，它们沿着各自必然的、宿命的轨迹行进，从无到有，从有到无，却与我无关。我不过是个旁观者。作为旁观者，我无从预见那些谜一样未知的必然，也无法让自己停下旁观的姿态。那是一种沉重的时刻。我遇见了永恒……苍茫宇宙，万物刍狗。”李尔克发狠力低杆击打白球，一石二鸟。五号和七号球同时落袋。

“好球！”我惊叹道。

啪——黑八进袋。

天色渐沉，翠绿的台布变了墨绿。

忽然间，我有些迷惑。这里举架如此之高，台桌上方亦没有灯罩，夜里可如何营业？

我晃着脑袋，四处寻灯。

李尔克不知何时已走到落地窗前。

“看上面！”他喊道。

迟疑间，室内渐暗，十几扇落地窗的幕布徐徐落下。与此同时，十几盏吊灯一下子闪亮起来。它们成一字排开，从顶棚徐徐下降，像一组燃烧的降落伞，齐齐地停在球桌的正上方。

我睁大眼睛，看着这里瞬间变换的明亮世界。

“这里的夜景，看上去很不错啊！”我说。

“上帝说要有光，于是大地上的人走来走去，不停地寻找光明。”李尔克对着那一排排闪闪的降落伞，朗声笑道。

“你说话好像个诗人。”我由衷地赞叹。

“你看这空荡的房间里，球桌上的碰撞和滚动，像不像人在大地上的行走？”他望着我说。

李尔克苍白的手指握住球杆，俯下身又一次为一局美式八球开球。

他出手极快，就在白球飞身撞出的一瞬间，虽然我预感有意外将要发生，但当意外真正来临时，我还是呆住了。

彩球柳絮般四下飞散。

竟然真的全都进袋了，但这却并不是我要说的意外。

原来那碧绿台布上的圆球，在降落伞台灯的照射下，通体发出了绿幽幽的夜光，隐隐地映出了上面的汉字。我那奇特而枯燥的图片式记忆，在十六颗彩球被撞入袋的刹那，一丝不苟地记录下了那十六个字。

它们排列组合叠加在一起，仿佛是一句诗：

此刻有谁在世上的某处走
无缘无故地在世上走
走向我

二〇一一年　五月

▸ 沉重的时刻

▷ **里尔克 作　冯至 译**

此刻有谁在世上的某处哭，
无缘无故地在世上哭，哭我。

此刻有谁在夜里的某处笑，
无缘无故地在夜里笑，笑我。

此刻有谁在世上的某处走，
无缘无故地在世上走，走向我。

此刻有谁在世上的某处死，
无缘无故地在世上死，望着我。

▶ 读诗札记

信主的人说，有一瞬间，自己被那一道奇异的光照亮，蒙了灰尘的心瞬间通透，感受着神迹和光芒普照，从此信主。我不是个基督徒，但我敬畏神迹。这样信徒式的体悟，在我是读到《沉重的时刻》时，真实聆听到的。从我第一次读到它，十年来，即便我不再去看，它也一直回旋耳边，不能忘记。

这一首富于回旋节奏和神秘光晕的诗歌，更像神迹难以言传。它来自亘古，走向宇宙。它整齐的诗行，一遍遍地往复，飞出无尽余音，不停不歇。

人欢喜了会笑，悲伤了会哭。万籁俱寂，行走间，生死间，哭和笑都超越了本身。它们江河入海，走向造物主。浮在云端的主人看众生芸芸，悲喜照单全收，仿佛轮回的横断面。无缘无故四字，正是造物主的逻辑在众生身上的折射，此逻辑非彼逻辑。正因它无缘故，所以居高临下，尊卑分明。许多热爱这首诗歌的人注意到，哭、走、死都是在这世上，唯有笑，是在夜里。自然，我也注意到了。当世上哭的人在世上哭，纵使是他在夜里笑，也必是疯狂和绝望。所有的表情，一切阴郁都“走向我”，四面八方席卷而至，仿佛一个永恒的秘密，穿透时空，归结了尘埃。这便是卓绝的诗句，卓绝的诗。

我喜欢斯诺克，这个游戏藏有太多神秘主义的色彩，虽然我更愿意做一名观众，而不是践行者。而我一早就希望写写这个爱好，始终找不到契机。球桌这一方天地，球与球之间的碰撞和走位必然或宿命的路线，恰如超自然的、未知的、偶然的无限可能性，不能够解释。在那些大师赛的桌面上，绝顶高手之间的差距几乎可以忽略不计，那是一种神秘跟另一种神秘的较量。那里也经营着一个小宇宙。只是，我们永远无法制作一个小宇宙，它不在球桌上，是在球桌上方。从那里看下来，我们都是持杆的少年，有时一杆清台，有时白球摔袋。

06

▶ 月光石窟

黄昏的时候，爷爷入土了。

我腰间系着一条白绫，中了邪般，一路奔跑。

我要跑到不能够喘息。我要把所有的话都留在吐不出口的气息中，要它们永远地陪着我口上的爷爷，如此他便可不再孤独，不必害怕。

终于，我扑倒在地。沙土一下冲进嗓子，咳得天崩地裂。我想，也许爷爷他都听见我的话了。

满月。

石窟的夜很美，很安静。如果你见过西北的夜，一定懂得安静的含义。

圆月正亮，照得洞口仿佛一个光明的所在。我怀抱满满的祈祷，走进石窟。

石窟沿南山建起，离村镇六七公里，以大和空著称。南山石窟洞大如天，每个洞内仅有几尊高大的坐佛，主从分明。北山石窟正相反，洞中四壁佛像多得“像恒河中的沙”，村庄里满手皱纹的老人这样说的。我们这里很多人家还供奉着开凿石窟的沙门法师的像。正堂里，大大小小的像被每日门口透进的第一束阳光暖身。无月的黑夜里，常常无法看清楚形容悲苦的沙门法师和菩提佛祖的脸。爷爷说，即便此时，若你真心求菩萨，黑暗中也会有慈悲。

过去，我没事就到石窟里坐一会儿。有时候去南山石窟，有时候去北山石窟。对着千万年风土吹袭的岩石，听着荒芜风声，我常有远行的错觉，虽然我不知道自己究竟去了哪里。那些佛像的脸早已模糊，手势从未改变。那是一种什么姿态呢，就好像一个人老了，倒下了，不能动了，但是心中一直不放弃未说出口的信念。

此刻的南山石窟正围坐一团，萧萧的风让夜更静了。我爬上空洞得可以顶天立地的“天地窟”洞口，深吸一口气。月光照下来，几十米冷硬山石将之悉数弹出，不让渗进半分。唯有洞口上方高悬的四方小窗，引着光芒会聚正处。

石窟没有供奉的油灯，全凭日月自然之力。

传说，微光一缕，万象更新。风化和坍塌不曾改变佛像弃绝我相人相，朝拜者亦始终如一信受奉持，叩首洗去烦恼。可惜，香火缭绕皆成往昔。如今，微光和佛光间隔了多少光年，到底不是俯仰之间能够体会的。

爷爷说，如果没有了活路，人就该去石窟跟佛祖忏悔，去看看塔柱就知道来世在哪里了。石窟里有日月，角落里还有数不清的佛像和漂浮的飞天。我出神地望着石壁上高高的天窗，那些流淌进来的光怎样看，都不似洞外的直白。月光原来也是会讲故事的。

老人们口耳相传至今的忠告说，不要在夜里爬上石窟的天窗，若是遮住照映头像的月光，佛祖的力量减损，安宁便不保了。

可是今晚，我腰间扎着白绫，来找佛祖。

我不忏悔，只问。

我想看着月光如何照在佛祖脸上，问佛祖人为什么要死，为什么死是世间最决绝的一种？为什么不能一命换一命，为什么求生和畏死从来纠缠不断，那样强烈。

建在峭壁之上的石窟最是不易攀爬，这里极高的穹顶和天窗，怕是蜀山剑侠也无能为力。千年的风化让岩层参差不齐，加之外壁坍塌，更是无处着手。

我生在南山石窟，长在北山石窟。我知道石窟的秘密。这个秘密属那一代开凿者的智能。他们用智能雕刻了信仰，信仰赐予了他们来生之路。爷爷也许说不清楚这些来龙去脉，但他明明白白地告诉了我面见佛祖的路。

所以，这一晚西北的夜色中，出现一只月光庇护下的壁虎。

我循着千年以前的开凿顺序，从南山山顶，贴在石壁上，从窟顶滑向天窗。

原来，天窗跟我一边高。

骑坐在石窟的窗口，月光柔静，细细看到佛祖似喜似悲的眉目，我泪如雨下。

我想这些年许多许多身不由己的告别。一次又一次，不开心得要死。

许多年来，爷爷每天早上都给奶奶上一炷香，口中念叨几遍四句偈。回身对我说，一切皆空，走了好，吃饭吧。晚饭前，他再给奶奶上一炷香，说，今天月亮很大，或者今天没有月亮。

后来，他平静地病倒了，平静地承受病痛，一次次晕倒又醒过来，不得不用禁药。唯有一次，也是有月的夜里，我坐在他旁边，他紧紧地握着我的手，好久都说不出话来。而那时我看不懂他的眼神，虽然我从未忘记。后来，梦里梦外我许多次地回想，我猜那也许叫做依依不舍。

生死尚不能做主，眼泪又算得了什么。

满月在西，佛像面东。

佛祖看着远方，穿透了我。我起身站在天窗，张开双臂，手影正好挡住了佛像的双眼，明灭中，我看到那双眼眨了一下。那双细长的眼睛近在咫尺，眼底空旷，分分明明。我放下双手，复又抬起去遮住。这一次，我真的看清了，那双眼又眨了一次。

我直直地站着，不能动。

我们互相眨着眼。那是一种什么语言，我不能够翻译。

许久，那双眼垂下。我顺着他巨大的头像向下看，肩胸部的影子正好投在佛像饱满的唇上。唇角就开始缓缓拉长，那竟然是笑的。我立在那里，对着微笑和眨眼的佛像，心里一刻不停地想着爷爷。

爷爷，咱们是又相见了吗？

满月从东方起身，越升越高。终于隐没在了西天。

顺着石窟高高的天窗滑下去，身上被层岩磨出好多条血口。我爬起来，一刻不停地在黑暗中摸索前行。

容纳千人的石窟洞内回响着谁的心跳？

我摸到了佛像的足底，实实在在。

忽然，晨光一道，窟中烂漫。仰首去看，巨大的佛像周身隐隐闪现光晕，飞天满空，石窟四壁现出无数僧佛法师的身影，悠远空寂的诵经辩法声传来，不辨前世今生……

十七岁的时候，我像你一样做过许许多多的梦——不是梦想，是真正的梦。但是，有一个梦我至今都没有醒来过。

二〇一二年　十月

以下三则故事原文引自（明）冯梦龙《古今谭概・灵迹部》，故事名称为作者所加。《纸月》可追溯到唐代段成式的《酉阳杂俎》。

▸ 纸月

杨晦八月十二夜谒王先生。
先生刻纸如月，
施垣上，
洞照一室。

——《宣室志》

▸ 取月

又唐周生有道术，
中秋谓客曰："我能取月。"
以筋数百条，绳而驾之，
曰："我梯此取月。"
俄以手举衣，怀中出月寸许，
清光照灿，寒气入骨。

——《宣室志》

留月

桂林韩生嗜酒，自言有道术。
一日，欲自桂过湖，同行者二人，
与俱止郊外僧寺。韩生夜不睡，
自抱一篮，持匏杓出就庭下。
众往视之，见以杓酌取月光，
作倾泻状。韩曰："今夕月色难得，
恐他夕风雨夜里，留此待缓急尔。"
众笑焉。及明日，空篮敝杓如故，
益哂其妄。舟至邵平，共坐至江亭上，
各命仆市酒期醉。会天大风，
日暮，风益急，灯烛不能张，众大闷。
一客忽念前夕事，戏嬲韩曰：
"子所贮月光今安在？"
韩抚掌曰："几忘之。"
即狼狈走舟中，取篮杓一挥，
则白光燎焉见于梁栋间。
如是连数十挥，一坐遂尽如秋天晴夜，
月光潋滟，秋毫皆睹。
众乃大呼痛饮。
达四鼓，
韩复酌取而收之篮，
夜乃黑如故。

——《三水小牍》

▶ 读诗札记

第一次看这三个小故事《纸月》《取月》《留月》的演绎版是在清朝的蒲松龄之《崂山道士》里。那是个很有趣，又有些仙气的传说，还被拍成了国产动画片，可惜结尾只落在了“这个故事告诉我们”上。

我试着翻找这浪漫想象的出处，终于寻到前朝冯梦龙那里，方晓得原文更教人意犹未尽。三个故事加起来不过三百余字，字里行间闪着清光。关于月亮的每一个动作都做得远离尘嚣，轻盈缥缈。

中国古典文学中，关于月光、月色的动人诗句和诗文极多，这种俯仰间的感慨易引得同感，却难于温柔相思间现出奇绝壮阔的想象。有多少点石成金和七瓣花的民间故事和传说，让人类对神器和许愿怀经久不衰的情愫，就有多少俗陋啰唆的断章，让一代代字匠止步于超越。喜在这里，“刻纸如月，洞照一室”八字足以让多数有篇幅的此类故事，输在跨不过的想象之门槛前，至少在这一室内黯然失色。

“我能取月”，简简单单四字，率真快乐。寸许于怀，寒气可触，此情此景可待。这一种烂漫的天真，是中秋痛饮的酣醉浮想，是不可多得的痴人痴梦，如风快意。

相比《纸月》和《取月》，《留月》是个更为完整的故事。世人总不信痴人说梦，这便做给你看。“倾泻”在月色中怕是一早被用烂了，岂料无形盛装于有形，月光便活了。天地间，用木勺酌取那一捧月光，黑夜变晴空，奇幻更梦幻。诗意丛生，大抵如此。

跟月光一样自顾自地发着光亮的不绝诗意，如今越来越难见到。以至我决定不东施效颦，只写出感动便算赢了。不够诗意，无法纵横四野的浪漫，亦是那自顾自地“江清月近人”。便是有目共睹，月光明照。心中所想正如多年前的夜晚：

江畔何人初见月出于东山之上，江月何年初照人有悲欢离合。

07

▶ 丽珍，丽珍

一

去年暑假第一期班的气氛有些亢奋过头。

一上课，他们就跟约好了似的，只待我转身就发出阶梯般的笑声，顺着对角线传来传去。我稍说点好笑的话，他们就被点了穴，趴在桌上，颤抖着肩膀夸张地笑不停。上到一半，我把 vegetable 谐音为“玩具 table”，结果，我瞬间就给不歇的笑声淹没了。几分钟后，我才在一片歪斜着的小脑袋中间站定，跟几十双困惑的眼睛对视。

笑和混乱都有一点得理不饶人的意思。

我的班名字叫“Lion”。平行的几个口语班、语法班和写作班，有“Amber”“Nobel”“π”“Superman”“Obama”许多漂亮的名字。按理，报这个班的学生除了自信乐观，到底更应该深沉大气些。万料不到竟如此闻所未闻地朝气蓬勃，以致难以招架。

第二次课，我照例点了名，开始讲课。

这一堂的主题是“旅行”，英文故事是这样的：我在戴城养了只宠物金毛狗。一天，遛狗时它在路边跟另一只金毛聊了起来，然后两只金毛带我把戴城的老旧街巷、园林亭寺游了个遍……自由准备一开始，他们再次跟约好了似的，大叫着“I'm a monkey!”“I am an elephant！”“I am a dinosaur！”，跟邻座同学比画着笑成一团……

所谓的转折出现在第三次主题为“礼物”的口语课后。课前点名，我再次发现有个叫苏丽珍的学生连续三次未到。每次课有两小节，无故连续缺席六小节形同退课，报名部的同事便会通知家长。

“礼物”课上，有个叫 Billie 的高二女孩说，她最喜欢收红包；叫 Oscar 的初一男孩说同学很是羡慕他家里开玩具店，其实卖不出的玩具才会给他玩，可那不是礼物……轮到我，我说我的礼物很多很多，礼物和美梦一样，总会有，总会去，然后再有，再去。

这一次却不知为何他们竟一个也没笑，我反而有些紧张了。

推开第四节课的教室门，讲桌堆满了五彩的小盒子和卡片，黑板上彩色粉笔写着花体的 Happy Birthday。那天正好是狮子座我的生日。孩子们尖叫着 Happy Birthday，胜利一样拍着桌子大笑。

“老师，你上次课说自己去年 8 月 1 号收到金毛送的本历年生日礼物，我们连你几岁都算出来啦！”Billie 眉开眼笑地说。

“Wow ... All of you are so sweet! Thank you!”

我没有例行点名，一张张地翻看卡片。最后，我拿起一个精致的纸盒，上面全是法文。没有包装，没有卡片，也没有署名。

“这是哪只小狮子送的礼物？”

没人回答。

“老师，是丽珍，她叫丽珍。”Billie 指着邻座的后座上一个我没见过的女孩说。那是个极秀气姑娘，看起来应该上高中了。

“丽珍，谢谢你的礼物，你就是丽珍？”

“我叫苏丽珍。”

“苏丽珍，”土气普通的名字衬在这姑娘身上，时尚而怀旧了起来。“但是，你知道我们这个班已经上过三次课了吗？”

“我知道。”她没有起身，直直地看着我。

“那么。你之前三次为什么不来呢？你知道，我们是没法单独给你补课的。”

“我知道。没关系的老师，不用补。”

我沉默。教室里安静了些，几个蹦蹦跳跳的停下来。

终于，丽珍抬起头。“我跟我爸妈去欧洲旅行了，去了十天。去之前，我妈给我报了这个班，她说我旅行回来上课就行……老师，那瓶送您的香水是在巴黎买的。”

“很好，谢谢你的巴黎香水。不过，如果下次你想上我的课，连续缺席三次的话，请你还是报下一期班吧！”

我看到这个姑娘缓缓坐直上身，低下头，刘海遮住了双眼。

二

站在黑板上大写的“dream”前面，我用英语问，谁能告诉我自己最大的梦想是什么。

“老师，我想要睡觉！”Oscar 口语一般，但却是班上最聪明中的一个。

“In English ！”

“I want to sleep.”

教室里顿时笑得人仰马翻。

谁的梦想是像我一样当老师？

没一个人举手。我不死心，又问了一遍。

“所有人都把手举起来！”

四十多只手向我招手。

“I am not a policeman!”我示意他们把手放下。笑声随着一片手臂此起彼伏。他们中间，她始终直直地坐在那里，既没有举手，也没有笑。

丽珍，你的梦想是什么。我用英文问。

“I don't know.”她没抬头，垂着眼睛说。

“老师，我知道她的梦想是什么！”Oscar 双臂搭在桌上，歪着头说。

“Can you speak English?”

"Jane's dream is……is……"

"Shut up ！" 丽珍低声喝道。

教室里静了一下。

Oscar，不如你告诉我你的梦想是什么吧。

"I want to be a singer."Oscar 站了起来。

哪种歌手？

"Pop star like Jay ！" 他来了精神，挥着胳膊，扭着身体，仿佛双节棍在手。

Billie，你的梦想是什么？

"I want to be a rich beautiful girl ！"

学生们夸张地重复着 rich。坐中，仍然唯有丽珍默默，有些无聊。

丽珍，你想当个有钱女孩吗？

"No， maybe……I don't know."

"老师，我的梦想是快点毕业，毕业怎么说？" 提问的男孩就要上高中了，想是父母盼他长成个科学家。他叫爱因斯坦。

我转身在黑板上写下 graduation，告诉爱因斯坦这是毕业的名词。

"I want to travel the world after graduation ！"

"I want to travel around the world， too."Billie 说。

丽珍，你刚从欧洲回来，环游世界是不是你的梦想？

"I don't know."

你不知道？

"Well……I don't know. I have no dream."

三

课间。

“老师，你最喜欢我们谁送的礼物？”Oscar 兴高采烈地问。

“我都喜欢啊！”

“我不信！”

“老师，你是不是最喜欢丽珍的巴黎香水？”Billie 凑过来问。

“我喜欢有梦想的孩子送的礼物。”

“老师，我们都有梦想。”Oscar 说。

“那只是第一步，你要努力实现才行。”

“老师，我爸妈说，长大了才能实现梦想，所以我最想长大。”爱因斯坦蹦跳着跑开了。

闷热的空气停在长长的走廊，动也懒得动。

我抱着一堆盒子和卡片往办公室走。如同穿过无数不知疲惫的电子，我们相吸又相斥，在一串串笑声和尖叫中擦身而过。

外教老师 Thomas 先我一步回到了办公室。

“Hey，Lion！”

“Hey，Thomas！”

今天是每月一次的外教课。两小节课由我和外教老师轮流上，刚刚的课上，Thomas 一直在最后一排旁听，而那正是我下一节课的任务。

“中国孩子的梦想很有意思，你有没有发现，他们的梦想跟钱的关系比较大？”

“也不尽然啊！不是也有想当歌手导演，想环游世界的？”

“照我看，他们根本不知道那些究竟是干什么的。”

“你太苛刻了，Thomas！有梦想总是好的，我们应该鼓励他们。”

“也许那跟没有是一样。就像认真的悲观要比盲目的乐观更理智，我坦率地说。”最后两句，Thomas 是用英语说的。

“美国的老师就是这么坦率鼓励学生的吗？”

“不，美国的老师更愿意面对现实。”

“面对没有梦想的现实吗？”

“你不要误会，我只是希望孩子们清楚自己真的想要做什么。”

“Thomas，我开始担心下节课学生们要为自己的梦想沮丧了。”

“你放心，我不会轻易否定任何一个梦想，不管多么不可思议的。”

“比如呢？”

“To infinity and beyond ！”他正步敬了个夸张的礼。我们相视大笑。飞向宇宙，浩瀚无垠——这是 Thomas 最喜欢的动画人物巴斯光年的名句。上一个口语班的孩子，在他的指导下，年末汇报演出时，cosplay 的《玩具总动员》有趣极了。

门开了。

“丽珍，找我有事吗？”

“老师，您有梦想吗？”

“当然。你呢？”

“您的梦想是什么？”

“我的梦想……”我迟疑着。丽珍细长的眼睛盯着我，不容任何含糊。

“好吧，我的梦想是做个推理小说的编辑，每天都看推理小说。”

“那您为什么不去做呢？”

“还没告诉我你的梦想呢！”

“我想当画家。”

“真的吗，很好啊！可你为什么说自己没有梦呢？”

“因为我不能画。”

“你会是个非常棒的画家，非常美丽的画家！”Thomas 用中文说。

“你为什么不能画呢？”

“……我要出国，拿到学位再回国帮着家里做生意。我妈说，这是最好的决定。老师，什么叫最好的决定呢？”

“最好，也许就是最安全的。”

“她说我长大就会知道这个决定有多正确，我绝对不会后悔。可是，我要是后悔了怎么办呢？老师，你有做过后悔的决定吗？”

“后悔之后，还可以补救不是吗？”

“对，我妈跟我保证，毕业回国时我还想画便画，但为什么现在不行……老师，我不想蹉跎时光。我总是觉得画画的时候，时间过得特别快，我喜欢那种飞快的感觉。”

每个字她都说得特别重，带着青春的叹息。我眼前闪过她在课堂上每一个关于梦想的否定回答，每个否定词都说得那样轻，那样不介意。我以为都是她的年龄固有的不屑一顾。不想她的肯定句式能如此郑重。

“丽珍，你妈说的也有道理。这是个万全之策，你先有个稳定的前程，可以胜任家里的生意，然后再做自己喜欢的事，一举两得。你看，你妈的决定没错啊。有时候，梦想并不急于一时。”

“Lion，你在说什么？”听得懂中文的 Thomas 急着打断我，“你没听到她说她很喜欢画画吗？”

“Thomas，我听到了！”

“可是，老师，您真的这么想吗？您打算什么时候去做推理小说编辑呢？”

“……我还不知道，我父母舍不得我离开戴城。不过，现在当老师也可以读很多推理小说啊。一定有两全的办法。”

“我都不知道你那么想当推理小说的编辑，难怪你每天不上课就捧一本书看。”Thomas 吃惊地说。

“人不做自己喜欢的事情，早晚会后悔的，是不是？”

“其实呢，丽珍，我已经有了个兼顾的办法。我打算在戴城陪父母三年，然后换我离开三年去做喜欢的事。”

“可我觉得人生没有办法兼顾。人生只能做好一件事。”

又瘦又高的丽珍扎着马尾，站在办公桌旁。八月一号，午后明晃晃的阳光透进来，地上是她青春的影子，倔强挣扎，自信单纯。她无疑是很美的，像一株迫不及待长成盛开的植物，枝叶和根茎都蓄势待发到了极限。因此既美又异常危险。

铃响了。

“丽珍，你现在常画画吗？”

“从前画了很多。现在家里人不让再画了。”

“我能看看吗？”

“您想看？没问题。下次上课，我带来。”她笑起来像朵初开的花。

“我有几个会画画的英国朋友，也许他们可以给你更专业的建议。”Thomas 兴奋地说。

“丽珍，那就这么定了！我们现在去上课。”

丽珍快步出了办公室，眼睛闪亮。

四

Thomas 的课结束后，黑板上留下了二十几个大小不一的笑脸。有的夸张，有的羞涩，有的端正，有的邪恶。

课上，Thomas 鼓励表演性的表达，学生们疯了。最夸张的是，爱因斯坦甚至没说一句汉语，他唱了好几遍 Jungle bells。学生们一跳一颠地上下讲台，在黑板上用英文写下各自虚无缥缈的梦，旁边画上一个笑脸。

丽珍的笑脸画得特别，像朵梅花。

Billie 把自己想当个有钱人的梦想笑脸，也描了一朵不知名的花，七瓣的。

Oscar 画的正是那看上去有些邪恶的一个。就是这个邪恶的脸，把整堂课推向了新的巅峰。Thomas 拍着讲台，好几次笑弯了腰。

夏天更热了。

五

那是至今依然难忘的一节课，亦是我带过的最后一个暑期口语班。

几个月后，我离开戴城，去了北方。在国内外版推理小说做得最好的出版社，当上了职业编辑。每日里心无旁骛地猜诡计，改错字，抱怨翻译太差。这里的夏天没有戴城湿热，办公室的笑声也不如从前多，生日礼物更不用费力抱回家去。但我只花了一秒钟，就融进了这个全新小世界。

这里几乎没人知道在戴城的我，为何赚了许多钱却不开心，夜里不醉不归只为晚些回家，与父母继续冷战。生日那晚，他们拉下家里的电闸，静静等我落入圈套，只为给我个独一无二的烛光生日。更重要的是，他们放飞了我。

冬天过去，我一下胖了十斤。

梦想是个复杂的简单决定。好像个热气球，每天有离地飞行的快乐，也有不能承受之轻的烦恼。躬行梦想是持久战。从前那些让 Thomas 笑弯了腰的学生，把我整个人都淹没了的笑声，是青春和青春的表情之一，这些表情也应该长大、结婚、生子。

日历上不是每天都画着梅花样的笑脸，有时候不仅不是在笑，而是哭笑不得，甚至哭得很凶。对我，苦乐都来自那个真切的梦。它们称兄道弟，唇齿相依。

我常常想丽珍会不会也哭得很凶，或者笑得一如那堂课上的梅花，美丽清纯，迫不及待。在别人散步的年纪，她已然打马飞奔。她对于梦想的执著热烈，远远超出了当令的年龄。她静静地坐在一片海浪般的笑声中，那么孤独，又那么自信。

我们之间隔着一面镜子。镜中，她似曾相识的渴求和不肯妥协更甚于我。她的青春之梦，美丽猛健伤身。她在阳光中说起蹉跎时光，我不能忘记。

她最后一次跑出办公室前回头告诉我，香水是她参观完罗浮宫买的。

我还没去过罗浮宫，也没见过她的画，那堂“梦想”课后也再没见过她。

她的校友 Billie，想当个有钱女孩的同学告诉我，去年我生日那天，丽珍回家后开始翻找自己从前的画。被妈妈看到，问出了缘由，她便从此再也没能来上课。

二○一三年　一月

▸ 镜中

▷ 张枣

只要想起一生中后悔的事
梅花便落了下来
比如看她游泳到河的另一岸
比如登上一株松木梯子
危险的事固然美丽
不如看她骑马归来
面颊温暖，
羞惭。低下头，回答着皇帝
一面镜子永远等候她
让她坐到镜中常坐的地方
望着窗外，只要想起一生中后悔的事
梅花便落满了南山

▸ 读诗札记

你知道，写一个足够美丽的故事去配已故诗人张枣的名句，需要很多勇气。这首《镜中》首尾“梅花”和“后悔”两句，一唱三叹，落梅扑面而来，沾湿衣裳。几近浅白的十几字，古典得致命。

一些似是而非、来由不明的爱情片断总是模糊，回想起来也触摸不到真实答案。但它们从不曾是浮云，一旦中招，就会像梅花碎了一地。淡淡的一去不可追，悠远旷世，让那些骑马游泳对镜面颊温暖，变得光影般文艺而忧伤。伤却不灼人，便是地道中式的相逢和就此别过了。

好的诗歌它应该是一个黑洞，有力量吸进许多感性碎片。凡再调动这些碎片，黑洞就会一同浮现，二者已经绑定。好的诗歌常常是无解的。正因此，它才能千千万万次被解读，无限趋向正解。

在我的年纪，似是而非来由不明的情绪让我激动，也让我无可追寻。这一种被称之为梦想的圣物，一旦砸进真实的生活，哪怕一瞬间，也是美的。

造梦万岁。

当一个人不相信宿命时，反击的力量决定了他人生的力量。我希望这个故事也是强健的，孔武有力的，就像丽珍一样。不同的是，那些南山的梅花应该是一个男子为一个重要女子飘落的，所以张枣说“一生”。而这里，不同而和的是，这亦是丽珍一生的决定。

回到开头的问题。我想说说写这个故事的勇气来自哪里。在我生活的城市，每天都有非常多的人搬进来，同时擦身而过更多搬出去的人。我常常夜晚看完戏，在回家的大路上看不到人影，而地铁里却找不到空位，那整整一车厢的疲惫。

尽管如此，这个如今不太康健的城市自有它的魔力：每晚都飘落许多梅花在南山，每晚亦能升起更多枚梦想，它们的合力抵得过当年一万个美国梦。我三年前来这里时想，跟我擦身而过的若有一个梦想成真，便是予我十倍的勇气继续造梦。而今，我已收悉。

这个故事送给她的原型笑笑小姐。

08

▶ 会飞的不一定是鸟

碧蓝色背景下，停在空中的除了鸟，姿态各异的，还有一直想象翅膀的人类。

人类身体完全退化了，四肢越缩越小，完全不成比例。

因为肢体退化，人类崇拜上了一切速度非凡的生物。或者说，人类崇拜上了一切速度非凡的生物，所以肢体退化了。就这样，鸟类迎来了好时代，地球变成了一切以鸟为主题的公园。从国家、大洲、海岛、餐厅、医院、食物、日用品到交通工具，几乎都以鸟类及其特点冠名。

高度发达的人类大脑造出的飞行器中，有一种外形跟鸟一模一样，人钻进去，可以像鹰那样俯冲，速度极快。人类还造了无数鸟类外形和功能的对象，极其细致逼真，并且很是享受自己和自己的作品在天底下相拥的画面。当你像个真正人类孤身走在大地上，四周会随时扑啦啦升起一片鸟群，五颜六色，很是好看。当然，也难辨真假。而这时的你倒像个异乡人。

这种对于飞翔的痴迷，持续了好几个世纪。地球成了一座鸟园，你想象不出也数不清，究竟有多少鸟和多少种鸟纵横其间。它们穿梭于一片片雨林，在餐厅，在湖面，在山顶，在云层，飞飞停停，盘旋或者高飞。也有一队队啄食般闲庭信步的，喜欢看夕阳星辰，看落雨落雪，什么节气都不错过，只一律极少翻转周身的鸟盔，露出属人类的头……

有火烈鸟吗？有。

有旅鸽吗？有。

什么，连十个世纪前被人类捕杀至灭绝的上百亿只北美旅鸽都有？

不错，这多亏了一个叫约翰·詹姆斯·奥杜邦的美国人，他感叹上亿只旅鸽迁徙的壮阔场景永远不复，痛心疾首，余生把每一种鸟类画下，其中许多不久也灭绝了。他的儿子小奥杜邦自小随父亲迷恋鸟语花香，成人后把画册中的一些上了颜色，更添了新发现的鸟类。这一部被命名为《美国鸟类》的画册，一代代流传了下来，不断更新加厚，成了一部名副其实的鸟类画像全传。这部全传有过非常多的版本，其中的分类和目录索引不一而同，但所收录画像都出自奥杜邦父子之手，同样美轮美奂。半个多世纪后，有了电子通讯设备，它被制成了电子版和3D版。如今，嗜好鸟类的人类就是照着《美国鸟类》中的画像按图索骥、钻研改造，造出各种栩栩如生的鸟类外形飞行器。

狂热的鸟类飞行器俱乐部遍布大地，会员以各自热衷的鸟类相聚一起。俱乐部多设在雨林，一到夜里便沸腾如潮。会员们快乐地分享最新鸟类考古发现。然而，完整的鸟骨并不常见，通常是一块小小的头骨、胫骨或者喙被摆出漂亮的飞翔造型，配上流动的蓝天白云，展示在精美的真空罩中。若是发掘出完整的鸟化石或是鸟蛋化石，又或者琥珀中有一小片鸟羽毛，这便是珍品中的珍品，各个俱乐部会员会争相跑来围观。最振奋的是，会员中富于想象力的科技超人，把许许多多小小的残骸碎片制成了跳跃逼真的动态仿真效果。巨大的环形屏幕上，栩栩如生的小鸟从一堆难以辨认的骨骼残骸中慢慢起身，试探着眨眼，慢慢睁开，扑扇翅膀，一飞冲天，盘旋在人类的头顶。这时候，人群中爆发的欢呼声，仿佛是又发现了一个银河系。

除了分享考古发现，热爱鸟类的俱乐部会员们最喜欢做的，是坐进外形相似的鸟类飞行器，与真正的鸟群队列有序地翱翔在蓝天下，大有欲与天公试比高的意思。而那些真正的鸟群，早已习惯了活化石般的自然地位，骄傲任性，毫不畏怯怪异的模仿者。它们甚至有了智商，懂得如何应付天上地上不断追逐它们的飞行器，让其难以企及，又欲罢不能。

鸟群依照种族和区域分成许多自然族群。它们在各自族群头鸟的带领下，暗暗钻研精进飞行技巧，并挑选具备飞行天赋的雏鸟严加训练。飞翔的本能加上几个世纪的不懈努力，鸟类的整体飞行素质高得惊人。超乎想象的飞行速度并不足以激起大脑高度发达的人类兴致，倒是鸟类懂得依照天然体能专攻恰当的飞行技巧，连几个世纪前还不会飞的鸵鸟已经可以低空自如飞行，这些让飞行器里的人类丝毫不敢怠慢。他们聚在一起不断升级改造飞行器，与时间和鸟群赛跑。

人类的制造技艺无法企及，却在无限接近于造物主。克隆技术在十个世纪间的发达，早已超越了简单的DNA复制。这时，人类面临的处境有一点失控；鸟类飞行器的仿真度和飞行仿真度，从外形、姿态、速度到每一根羽毛的舞动，都精准得非比寻常。这种非比寻常却带来了尴尬，人类需要随之启动新的研究程序分辨二者的不同，以利于空中飞行管理。

如此，一些被称为“极端理性主义者”的科学家，积极呼吁制定法律，严格限制适用仿真飞行器的时间和场合，以让出更多空间给“大自然的翅膀”。他们另一个不无道理的理由是：拒绝模仿。“极端理性主义者”们展望了沉溺于鸟类飞行器人类的前景：自然生存繁衍的鸟群永久消失，鸟类将只存在于人类高度发达的实验室里。人类的大脑进入高度发达的另一个阶段，四肢继续退化，这一切不可逆转的结果是，一切速度超凡的自然生物将纷纷步上鸟类后尘，而高度发达的智能不可遏制地专注于模仿能力，此消彼长，人类终将失去想象力和创造力。

这个建议会被采纳吗？

当然不，在狂热的非理性面前，任何的理性都是可笑的。

这些“极端理性主义者”显然有备而来，做足了持久战的准备。针锋相对是不明智的，双方从不缺乏说服对方的智商和信心。他们于是转而安静地以身作则，拒绝乘坐任何飞行器，从不把不成比例的肉身塞进那一团团柔软的羽毛；与高速运动相对的是，他们提倡一轮又一轮的低速运动，即“慢运动”生活。

“极端理性主义者”用短小的四肢在雨林中行走，一步一步丈量大地，称之为“诗意的栖居”。通过出版和影像占领公共空间，再现人类慢运动的史前图景：那时候浩瀚的鸟类飞行器还没有遮住浩瀚的天空，从赤道到南极还是一段漫长旅程；那时候有一种时间叫水落石出，叫陌上花开；十年、几十年甚至一生只做好一件事，并不是件沮丧的事情，恰恰相反，心灵的极大满足亦是另一种翱翔在天的自由；朝生暮死如是，千年一笑亦如是；速度本不分尊卑贵贱……

“极端理性主义者”中不乏擅长影像技术的科学家，3D、4D、5D的速度拟态做起来绚丽非凡，丝毫不比那些惟妙惟肖的鸟类飞行器逊色。他们让百花在一秒钟盛开，让白头鹰的一次完美振翅持续了十天。他们在各地建设了许许多多巨大的动植物园林，没有一年，无法走完其中任何一个。当然，这里只接纳孤身的人类，禁止任何飞行器入内。园林中长势喜人的动植物数不胜数，但这并不足以吸引来无影去无踪的高速运动痴迷者——一百年长高一毫米的极地地衣，一百年长高三十厘米的沙漠之树，倒挂在树上可以一月不动的三趾树懒，如此种种才是亮点。奇妙的时空错位感，常常让初访者惊慌失措，以为时间停止了。可这里仿佛一个迷宫，当一年后终于才走到出口时，他们的时空观已被彻底改变。

鸟类俱乐部狂热的会员们联名抗议这种恐怖的“洗脑”行为，谴责“魔鬼般迟缓”空间的制造者，但这却让更多好奇者卸下柔软的盔甲，走进巨大的神秘园林，开始征服之旅。

不到一个世纪，四肢退化的年轻一代终于全面认识到了“不快”的另一个世界：慢。

人类会转而又喜欢上慢吗，他们的肢体会进化回来吗？

当然不会。几个世纪的热情和痴迷怎会如此迅速消退呢。

热爱速度、四肢退化的“极端非理性主义者”放弃了愤怒和抗议，退而求其次采取了折中的办法。他们把飞行器做成了隐形机，遮天蔽日的鸟群消失了，空中有了许多隐形的翅膀。浩瀚的天空一年年安静，大地上热闹了起来，许多鸟开始养成散步的习惯。

是真正的鸟。几个世纪以来，再看不见对手的鸟群，先是群体性地欣喜若狂，自以为成了云中霸主，日日成欢疾行。即使是各族群的头鸟，也是后知后觉地默默接受了鸟群日渐懈怠的飞翔技艺。偶尔的警觉并未打消鸟类的骄傲，却足以打击空中那些隐形的翅膀——它们的数量并未骤减，但亦不再增加。鸟群安逸于天空，遥遥地望着大地上日渐稠密的人类，或者迟缓或者迅速地行走其间。终于有一日，缓过神来。

原来，人类抛弃了天空，就像当初抛弃大地一样。

开始有一些族群半是飞翔，半是停停走走在大地上。它们中的独行者，坚持不再飞翔。大地上的人类并不惊讶，它们自顾自地走来走去，跑来跑去，当什么都没发生。隐形翅膀和有形翅膀，在天空和大地间，各自行走俯冲，仿佛谁都没看见谁。

很久很久很久很久……

最后一只在大地行走的始祖鸟，终于不会飞了。

最后一个在隐形飞行器中的人类，用键盘敲下了这样一行字：

你如果没有在人群中消失就没有飞高

精神或一些人的争论

邹静之

把一只鸟抛进羽毛
它的肉身飞得可真高

一张纸上的鸟，有相同的姿态
只是那背景不够蓝

它让我在静寂中想到真实的高飞
那几乎是一种快捷的消失

这话要再说一遍也可以是这样
——你如果没有在人群中消失就没有飞高

读诗札记

据说，为自由是可以抛弃生死和爱情的。幸运的是，我还不曾做这样悲壮的实践。在极端的年代，活下去和爱情已是奢侈，飞翔更加不被允许，只因那会带给人自由。而远离尘嚣、离群的高飞，更加不可饶恕。

鸟的飞翔本领自然天赋，如何在领地狩猎觅食，盘旋俯冲，本是分内之事。但若这飞翔自由到了足够显现其他族类的不自由和愚昧，那便要毫不留情地以触犯集体利益之名被当众折去羽翼。看它要如何心比天高,日日低首。

许多时候，羽翼不是用来飞，而是用来表示可以飞的。这便是许多假冒自由民主的诡计。因此，那广阔的天空中画上了许多被承诺的羽翼，亦有更多非真实的飞翔。它们一样的肉身丰盈，翱翔于碧蓝色的天幕下，飞得真高。它们的姿态优雅有力，精准一致。但无论如何，那不是真实的鸟类，它们没有自由之思想。

人类对于高度的渴望和恐惧与生俱来，既想离开又渴望大地。在山间，在山顶，静静享受凭空消失于人群，有如飞翔的心驰。这样的触动，便是邹先生的“它让我在静寂中想到真实的高飞”了。“快捷的消失”，让我听到了呼呼的风声，自由自在。

那一种在天上地上求索的、若即若离的自由，让我无法停止地向往。关于速度，关于飞翔，关于不断臻于完美，关于自由在高处，都是我一直想要写的故事。我很好奇，循着让人钟情的鸟群一路高飞，最终将停在何方，又会看到怎样的风景。我想象的热闹非凡的鸟园，到处是扑闪的翅膀，到处是来无影去无踪的快捷风声。我希望每一个自然或者人工的飞行器中，最终都能生长出一颗高傲的心，一个自由的灵魂。

慢和快都是飘落的羽毛，它们终将离我们去，剩我们与灵魂独处。

对于无论如何就是喜欢大地的鸟群和喜欢天空的人类，我都报以最善意的祝福，祝福它们以自己的方式获得灵魂的归宿。

09

▶ 剪辑发廊

小理师傅在理发店正式工作的第三个月，从小工荣升为大工的那天，小心翼翼地把我的长发几乎剪成了短发。

我没有哭。

不过，他还是跟我说一年内，要是还敢让他剪，他都不收钱。

第二天，很多人见了我都说短发很适合我。原来赞美果然是会上瘾的。

之后一年里，我每两三个月去找小理师傅修剪一番。他坚持自己的承诺，分文不取。

理发店老板并不这么想。他认为我之前不仅吓到了客人，现在又占用店里的资源，很是不满。一来二去，小理师傅自己充钱，帮我办了张顶级贵宾卡，打完折之后老板的抽成只有十块钱。就这样，我一直保持着被赞美的发型，还省了修剪头发的钱。

一直没有问出口的是，小理师傅究竟遇到多少像我这样的客人，又因此赔了多少钱？

“你知道吗，在非洲有个部落，认为头发越长，繁衍能力越强，所以那里的人不论男女，一辈子都不能剪头发。头发长长了就打了结盘在头顶，一圈又一圈的，像个筐。”小理师傅站在身后，盯着镜中的我说。

“那要是有人天生秃顶怎么办？”我也盯着镜子中的他。

“长到三岁，若是还没有头发，就会被驱逐出部落。我先帮你吹干一点。”小理师傅拿过梳妆桌上的风筒。

“那么小，被驱逐出去，不就死了吗？”我喊着，盖过了风筒的呼呼声。

“没错啊，所以你还有什么可抱怨的呢，你的头发又浓又密。”

“……没有抱怨，我只是难以下定决心。怎么才能做个不后悔的决定呢？”

“很简单，不管再有多少次机会，你都是同样的选择，就叫不后悔。”呼啸的风筒戛然而止。

小理师傅用梳子寻找发印儿。

“可我就是不喜欢做决定。每做一次，我就觉得像是要跟谁告别一样！”我苦恼地看着镜中的小理师傅。

“告别并不总是一件坏事啊！”

“比如呢？发印儿歪了。”

“比如跟多余告别。”

“你是心理咨询师吗？”我眨着眼，想拨开眼前蓬乱的刘海。

“发印儿没歪，别动。你可以叫我‘修理咨询师’。”

“那么，分享一下你的修理心得吧？”

“我看惯了人们在镜子前做各种决定，每天每天都是。”

“当理发师很有点俯瞰众生的感觉啊！”

“你不懂。从人脸上的表情猜想法，是服务行业的惯例。对有些人来说，结果是什么并不重要，后悔才是最重要的。”

“我不是‘有些人’！我从不后悔，只是做决定慢而已。”

小理师傅微微一笑，告诉我头发吹好了。他先到旁边去看小工做的梨花烫是不是可以洗了。

要不要剪个梨花头呢？像我这种浓密发质，梨花起来一定很有气质，很多同学这么说过。可是，满大街都是梨花，已经过气了！其实，我最爱直发，干净，不会被诱惑的感觉。当然，更多的人认为直发已经过好几次气了。

半杯水下肚，小理师傅转回我身后，问是不是下定了决心。

我点点头，说：“不如这样吧，既然我自认为失败的造型，是你在我计划的长度下过度修剪出来的，不如你照着梨花头的样子，再过度修剪一次。”

我和小理师傅在镜中对望。那里有两个既虚又实的我们。

他叹了口气。也许，我的建议让他想起了第一次被客人埋怨和赔罪的情形。他挥舞剪刀，给我讲了他一生中很伤感的一个决定。

“我阿弟比我小两岁，他很安静，很笨，什么都学不好。去年我把他从老家接过来，想让他跟着我学理发。头发每天都在长，这至少是门不关店的手艺，没有本钱，回了老家也能混口饭吃。上个月六号，他来店里整十个月。我说过了，他很笨，天天给客人做离子烫，也记不住程序。恰巧那天的客人非要在小包间里做头发，也怪我没好好盯住他。结果，客人骂了起来，他就铁青着脸跑到门口抽烟。道歉这种事，我做惯了。可客人的头发被烫焦了，闹得很凶。我赔了钱不算完，还非要阿弟跪下道歉。老板为了平息客人，也要我叫阿弟进来。你不知道那天晚上有多热闹，理发师和顾客满身碎头发的凑过来看。我当时是进退两难……假如，当时是你，你会怎么办？”小理师傅的飞剪停住了。

“……如果是我，我就给他一拳！”我豪迈地说。

“但愿你出拳后不会后悔。”

“做人要有尊严。”

“不错，所以我把阿弟连拖带拽地带了进来，跟他说，当着客人和老板的面，你把我的头发都剃掉，让这位客人心情好一点。头发焦了总好过没有头发。对，就是那句话，怎么说来着？”

“聊胜于无？”我扭头吃惊地看着小理师傅。

“对。”

“然后呢？”

“然后，阿弟就拿起了剃刀，要去剃客人被烫焦的头发。”长长的发梢从小理师傅的飞剪下飘落。

“啊——那不是要出人命了？”

“没有，当然没有。你永远无法知道，一个人在情急之下会如何做一个决定。”

“所以，究竟发生了什么？”

“客人猛地把一只大号风筒砸到镜子上，声音清脆，立时一地碎玻璃渣子。”

“这是叫板吗？”

“当然喽。他那架势是要把全店的镜子都砸了。”

我们在镜中再次对望，眼中虚实相生。

“所以，你的决定到底是什么？”

“当时，阿弟愣住了。我一把抢过剃刀，把他按在铺满碎玻璃的地上，当着所有人的面，迅速地把他剃成了劳改犯。”小理师傅又放下一层剪好的头发。

“为什么啊？”

“你猜客人是什么反应？”

“客人？我要是客人，既然师傅手也见血了，头发也没了，镜子也砸了，风筒也毁了，赶紧拎包走人才是正经。”

“没有！”小理师傅还是很平静。

“你说客人没有走？”

“我是不会让他走的。”小理师傅放下一层剪好的头发。

“你把他怎么样了？”

“我把他送出了发廊，把他送进了等在门口的警车。”小理师傅又放下一层剪好的头发。

“什么什么？警车是怎么回事？”

“你知道他为什么要砸镜子？”

“我怎么知道啊！”

“因为他刚刚坐的位置，透过镜子，正好看到了一样店里贴着的不起眼的东西。”小理师傅的语调还是那么平静，“那样不起眼的东西，就贴在小包间的墙壁上……”

“那究竟是什么！”

“是个通缉令。”

“什么，他是个通缉犯！”我大惊。

“别乱动。那张通缉令贴了好几个月了，有人抢了银行五百多万，抓了好久都抓不到，所以悬赏十万。”

我们透过小包间的唯一一面镜子，再次对望。小理师傅似笑非笑地点了点头。

他拿起毛刷在我脸上扫着，告诉我定制的“过度修剪梨花头”已经定型。

我戴上深度眼镜，靠近镜子仔细端详。

镜中，没有梨花，任何花都没有。

小理师傅递过一杯水，说：“你彻底跟多余告别了。”

“你也跟通缉犯告别了。”

到前台付钱时，我问一旁的小理师傅：“不对啊，这一年多我怎么从没见过你阿弟？”

“因为我就是那个阿弟。那次事情发生一年后，我哥他就是这家店的老板了。”

我嘴巴张得老大，终于努力扶住了前台。

一侧身，斜倚在前台的老板，正在对我眨眼。

二〇一二年　四月

▸ 水中的弟弟

▷ **翟永明**

水　兼有一室沧浪
兼有一点悲伤
凌空倒进体内的香水瓶
我嗅呵嗅
嗅到分别的寒气
坐中有我所爱　弟弟
在我的右侧　匆匆改了装
水呀　淹过了脚趾

“我”回答时像含着一枚果
吐出来像深深的长矛
宝石光样的　孤注一掷
迷失了它的背影
弟弟　当夏日逼人　我愿
绘一张簪花小影
看看我眼里的气　透出纸背
射向云　能否
达到更深的洁癖?
水呀　淹过了脚踵

我们的双亲　在千里之外

我们的骨肉　在水中

我们的鞋　埋在纤尘里

我们这一对双胞胎

不放纵　不拘束　甚少哭泣

头盔　还有异类目光

沉入水底　弟弟

我独爱千顷之野

如同心中旧识

水呀　淹过了膝盖

对畸形的事物嗜好

就像一个针眼　看不穿

又不知所深　弟弟

双眼和内心

都在贪馋地流泪

它们抖动泡沫　一匹一匹的

阳光布料　惊吓了

闷闷低飞的鸟

水呀　淹过了腰腹

弟弟　当冬日将至

刀刃已在闪光　冰霜的问候

躲在你的柔和嗓音里

“要”或者“不要”

伤了我　在这两叶
灰心的肺囊里　我呀
高举起熙熙攘攘的十根手指
不是投降　是向前
搅起一池哀嚎
水呀　淹过了胸腔

酹酒、修书、失睡
弟弟——不可测的度
驯服了前尘、后世和今生
他们洗一个澡　灭灯
然后相拥而眠　这一切
是自然的问题　弟弟
不是形而上的主题
也不仅仅是男女的问题
水呀　淹过了脖颈

那深　是否触动了爱

那冷　帮助你

对天真　对热忱

不断研究　弟弟

我们的天性是遗传？

还是诗歌路过时

派生出的蜂蜜？

早晚饮一杯　对彼此有益

黑暗中的鼻孔嗅到

那极端的甜……

水呀　淹过了头顶

一九九八年　二月五日

读诗札记

十年前在借阅室里第一次读翟永明的诗集，那一本叫《终于使我周转不灵》的小册子里，《水中的弟弟》让我升起无名的不安。像一团颤抖的火焰，我被那妖娆跃动吸引近前，却发现不可触碰。不甘心后，一次次地阅读和近身，越发原地打转。

这一室沧浪间，有许多人言是非不容突围。便是那“沧浪之水清兮，可以濯我缨，沧浪之水浊兮，可以濯我足”的顺势而为，也不能够彼此说服，甚少哭泣的这一对双胞胎，还是搅起了一池哀嚎。

似是诀别，似是引诱。他们暧昧不清，不分彼此，无法相融。对着沧浪述说许多，弟弟始终一言不发，只管那水一步步漫过头顶，再无从分辨曲直。诗人拜伦同胞姐姐的故事离经叛道，为世人指摘。这被无声淹没的弟弟，岂知没有拜伦胸中的苦楚。不能解释的错位，不能解释的因缘，除了被扼杀在柔软的水中又能如何。

即使如此，与骨肉分别的气息远远胜过了爱情反目的狰狞，那是深沉的，孤独的，充实的，远胜于声讨。酹酒、修书、失睡，前尘、后世与今生的活着只差一个度。模糊而屈服之恨，让这一室沧浪漫过诗行。

水涨了许多次，从夏日到冬日，从心中旧相识到刀刃的问候，从自然问题到男女问题。水漫脚趾，可以端端正正地说出坐中所爱为何人。水漫脖颈，最后一刻终于说出了爱。至此，永别。

我不愿意写一个这样的爱情故事，自觉对那一份妖娆和不可触碰的感情并未完全抓牢，只怕弄巧成拙辜负了美好诗行。我更愿意紧紧抓住这样错位的关系，以错位的角色叙述为线索。像夏日里一幅簪花小影，还有洁白的云影，都属昏黄的旧日记忆。疯狂长长的头发，总归要剪去，留也留不住，如同淹没的注定是淹没。不如轻松爽利，将那梦幻般的呓语抛在脑后，演一幕通俗故事。若是它些许应和了诗句的模糊，蒙太奇一样拼剪成一处俗世即景，便是再好不过。

10

▸ 长醉酒肆

长醉酒肆在长醉城里。

酒肆之所以长醉，是因为酒肆附近的泥土里都闻得到醉人的酒香。

然而，真正喜欢喝酒的人，在这城里几乎绝迹了，城外便更罕见。每日奔波忙碌的人们，以他们的清醒和理智自豪；富足优雅的阶层，厌恶因一时的愚蠢而毁了一切，时刻警告儿孙远离酒精。此去经年，“酒”成了危险的象征。长醉城于是渐渐富庶而越加慎微，并日日喜悦于斯。

这个昔年不醉不归的所在，民风恣肆豪放，而百年间，他们如何强迫自己忘记这种叫做“酒”的东西，使得青春与虚度到了今日的浪得虚名，没人能说得清。青天白日里，老人们无意间提及昔年同销万古愁的盛景，仿佛一个未竟的梦。

这一日黄昏，人山人海的游客散去，酒肆里余下仅有的两位酒客。

长醉酒肆的掌柜王二心里又犯起了嘀咕。自打今年入夏，地窖里搬上来的酒，口感虽依旧绵长，可味道似乎越来越淡了。半年多来，他不敢问酒客，怕是自己的味觉出了问题。他多次提着灯笼，跟酒肆的伙计下到地窖查看。可是，没错。每一坛酒都严格按照封坛日期开封的。无法解释的，酒的味道真切地一天天变淡。

王二于是更加慌乱了。

那仅有的两位酒客是城外人，自称来自蜀中。一个叫岑夫子，一个叫丹丘生。他们静静地对饮了一坛酒，向王二招手。王二走至二人桌前，岑夫子举着空杯说：好酒！可惜我的朋友只能品出一半的香冽之气了。

王二心里晓得自己一直担心的事情终于发生了。

许久了，为克服蔓延于全城的味觉钝化，他每日除饮一坛酒外，清淡食素，水亦少喝，生怕影响味觉的灵敏。然而，这依旧未能阻挡味觉的退化。

这位城外酒客丹丘生，一入城便只剩下一半的酒觉，当真可怕。

翌日，长醉酒肆被百坛陈年美酒环绕，王二在城门贴出告示，昭告全城酒宴三天。三日内，凡一口气豪饮三斤者，不单酒钱无须付，还可亲自到酒窖挑选美酒一坛。

第一天，全城的百姓把长醉酒肆团团围住，互相推搡和调笑。他们谈论着酒坛的颜色、质地、纹路甚至封印上的年份。王二想，对他们而言，就算酒坛里放进一头猪，或是一只羊，又有什么分别呢。人们快乐地怂恿、激将对方上前饮酒。显然，他们对于豪饮者的好奇远远胜于挑战者的勇气。这城里太久没人喝酒了，人们熟悉了美酒，就像熟悉太阳和月亮，熟悉到可以忘却。

整整一天，竟没有一人站出来要酒喝。

第二天，全城百姓好奇的兴致依然很高，他们奇怪为何昨日那百坛酒竟似更多了。数百坛古酒兵俑样严阵以待，周身散着浓烈的酒香。百姓正待热烈猜想，王二、岑夫子和丹丘生三人从酒阵中翻身而立，很像是众人把他们吵醒了。他们睁开睡眼，身上的衣衫还半湿着，发着酒香，斜斜晃晃走向城中百姓，示意大家跟他们进到酒肆。

长醉城的百姓知道一定是有热闹要看了，欢欣雀跃地跟在后面。王二带头下到酒肆后院的酒窖。百姓惊呼和惊异的声音此起彼伏地传出，一直传到酒窖口岑夫子和丹丘生的耳中。这声音加倍地激励和刺激了即将下窖的人们。眨眼工夫，酒肆就变得空空荡荡，偶尔传上来上百人的惊呼声，渐远渐弱。

长醉酒肆巨大的酒窖足以挑战每个人的空间认知极限。这是长醉百姓首先惊呼的原因。他们四处奔跑，相对跳跃，仿佛重新唤醒了昔年失传舞蹈的记忆，欢呼盖过了所有的宁静。王二提着灯笼独自站在他们中间，欢喜和哀伤，交替涌上心头。

他绕过不安的人群，走到林立无数酒坛的酒窖一侧，猛然砸起来。酒坛瞬间就破了，酒水流出，也溅了他一身。王二没有停下来，他接着又砸向第二坛酒，第二坛酒又破了。接着是第三坛、第四坛。跳跃奔跑的百姓停下来，围拢来探身望着王二。

酒坛越破越多，酒水掠过众人立足之地，四散流淌，随意放肆。酒水浸湿了他们的鞋袜，凉凉地渗进皮肤。有人蹲下，伸手蘸了几滴酒水，闻了又闻。他们交相传递眼神，在沉默中分享着灼人的秘密。突然，几个长醉城民一拥而上，抬起酒坛猛地砸起来。浓郁的酒香随着酒水向其余人扑来，人群中迸发出惊醒般的叫声。前排的人们来不及躲闪，脸上，嘴上，身上，手上，被溅了个透亮。有人伸出舌头舔着溅在唇上的酒，连连叹息。接着又舔，又连连叹息。

随后，所有人开始奔向四面的酒坛，搬起来，“嘣”地再扔到地上，酒溅当场，发出了奇妙的呼声。很快，酒窖四处回响起那欢呼声，而酒香浓得一闻便要醉倒。

每个人都在深呼吸。

不知过了多久，流淌的酒水渐渐漫过人们的脚面，脚踝，小腿，膝盖，大腿和腰。人们仍在不知疲倦地砸着酒坛。打破的快乐极具传染力，从头到脚地释放着巨大的力量。那砰砰砰的破壁声响和扑面涌出的酒香，共同激励着每一位参与者。

酒坛终于漂浮在了酒面。想要砸碎它越来越难。大家只好一同潜下去用力按住，再踢它敲它打它……咕咚咕咚，如此折腾之下喝进好几大口酒。先前的叹息声不见了，换作了更多的大笑。有的笑声到了半途戛然而止，然后再度发出，原是中途喝了几大口酒的缘故。

是潮水般的酒，给了酒窖生命；或是潮水般的城民，给了酒生命。王二一直没有想清楚。丹丘生坚持酒本来就有生命，这不是谁赋予的，它有就是有。岑夫子坚持酒有没有生命，谁都不知道，你喝下了那许多酒，然后被点燃了，被照亮了，被吞噬了，结果怎么样，酒好好地在那里，安安静静的。为什么一定非要跟生命扯上关系？

更多的酒坛被继续打破，更多的笑声在酒窖上空回荡。城民们喜欢上了这里，他们满面红润，无拘无束，相撞，然后相视大笑。他们忘记了时间，甚至忘记了丹丘生和岑夫子争论不休的生命。酒水慢慢地上涨，终于漫上胸口。城民们齐声高唱失传已久的《将进酒》，竞相追逐漂浮的酒坛，热烈而快乐……

此刻的长醉酒肆中，王二正在为岑夫子和丹丘生温着最后一壶长醉酒。三人坐在窗边，无言又无限地沉醉于每一口滋味。

第三天，三人携手出城，空余身后长醉城中的长醉酒窖，兀自沸腾。

二〇一二年　四月

将进酒

（唐）李白

君不见黄河之水天上来，奔流到海不复回！
君不见高堂明镜悲白发，朝如青丝暮成雪！
人生得意须尽欢，莫使金樽空对月。
天生我材必有用，千金散尽还复来。
烹羊宰牛且为乐，会须一饮三百杯。
岑夫子，丹丘生，将进酒，杯莫停。
与君歌一曲，请君为我倾耳听。
钟鼓馔玉不足贵，但愿长醉不复醒。
古来圣贤皆寂寞，惟有饮者留其名。
陈王昔时宴平乐，斗酒十千恣欢谑。
主人何为言少钱？径须沽取对君酌。
五花马，千金裘，呼儿将出换美酒，
与尔同销万古愁。

读诗札记

这一篇诗歌解读实在有点强人所难，毕竟这是小学生都可以朗朗上口的李白的名诗。诗句中奔流入海的气势，点石成金的字句，明白地闪现在字里行间。恕我实难领悟多么特别的见解。所以，我想说说我跟李白同样感兴趣的酒这一样东西。

我总是对嗜酒和嗜酒的人怀着好奇心。那有点像化学课上查看 pH 试纸的过程：一个入了酒的人的表现和气质，如同 pH 试纸上颜色瞬息间的改变。一觉过去，或者几盏茶下肚，试纸上的颜色也慢慢变了回去。所谓不胜酒力，有一点不敢变颜色的意思。

喝酒一直被认为是不良嗜好。我是长了很大以后，才知道居然还有一种精神叫做“酒神”精神。审美的迷醉状态、情绪的释放和极大限度脱离束缚的人生体验跟酒联系在一起，使得后者有了点超自然的意味。它静静地平躺在瓶中，静静地入樽入杯入口，然后那人就醉了，灵魂出窍，酒神附体。自然，醉鬼惹人厌，因他们乱入了酒神的仆人那里，成了自不量力的表达者。李白斗酒诗百篇，醉翁亭有记。冒牌酒神很多，得才气者才是遇到了真神。

这一首《将进酒》显然是遇到了真神中的真神，甚至几个世纪后，连同酒香还能一起领受得到。如今我知道“酒神”精神很久了，每次坐席中有人喝酒，包括自己家人，我都暗暗怀一种期待，期待酒神驾到。

一直想象，“同销万古愁”中三人对饮即景，若是换了朝代，若是换了城池，若是换了看客，若是换了酒肆……这一场酒中盛典，将如何磨平变换昔年记忆。长醉酒肆地下巨大酒窖中的集体痛饮情节，很早以前就让我沉迷。这不是酒窖，不如说更像一处掩藏已久的桃源，误入者罚酒三坛。之后，便赏你忘忧忘愁。呆了，钝了，迟了，疯了。都不要紧，一切不如从头来过。这样朽木雕仙神的魔力，我至今还未在任何食物中找寻到。

今晚去喝酒。

11

▸ 同桌齐小改

高三分班，我换了个成绩优秀的同桌叫齐小改。据她说，“小改”取自“知错能改，善莫大焉”。因为成绩太好，这名字就有了几分自嘲的意思，每次喊她，大家都有点不自然。不过依我看，除了过分萝莉的打扮需要改进外，她需要改的也着实不少，比如她爱递些莫名其妙纸条的怪癖。

自习课上，齐小改提前做完了所有习题，悄悄递来一张草稿纸。在几何图形、英文单词、化学方程式和受力分析的缝隙间，歪歪斜斜地挤着些似是而非的伤感句子，弄得我本来就没有头绪的自习课，更加没了主意。

我通常并不理她。我跟有天分的学生不能比，她愿意伤感或者耍酷都是她的事，我需要全部的时间背记单词和做习题。确认并且接受自己没有天分是件残忍又艰难的事，但早一天领悟就早一天受益。事实证明，及早的认输回赠了我后来平庸的人生年轻的心态和五官。当然，齐小改过度年轻的造型同她的心态是不相符的，我道不分明确切的缘由，她也许只是更享受被当成怪人的感觉吧。

那些拥挤在草稿纸上的句子我基本都忘掉了，更不必说有保存的念头。它们不是语文卷纸上的题目，我没必要存盘。不过，印象深的也不是没有。比如这段——要说明的是，我从不是个善感之人，否则也不会小小年纪就坦然接受余下的平庸人生了，而我得以一直记它下来，全因为那天晚自习的缘故——

“我望着她，望了又望，昔日如花妖冶，现在只剩枯枝还乡。苍白、臃肿、混俗，腹中有别人的骨肉……但我爱她，她可以褪色，可以萎谢，怎样都可以……但我只要看她一眼，万般柔情便涌上心头。”

这些句子读上去，不知怎的让人有那么点心旌摇动，忽上忽下——妖冶，苍白，骨肉，爱，褪色，柔情。那也许是我人生第一次对着文字想入非非，因为我明明白白地看到了“我爱她”这三个字。可不管是谁望着谁，谁爱谁，终究没头没尾的，完全猜不出到底在讲些什么。看到句子的结尾挤进来的苯环，我笑了。抓起笔，在苯环上面打了个大大的问号，递了回去。不一会儿，纸条又被递了过来，用箭头把问号引向了旁边的化学方程式。

我一愣，下课铃响了。

课间，跟齐小改打水的路上，我问她：“你刚刚写的那段话是谁说的？”

“是从一本叫《洛丽塔》的禁书上抄来的，作者是个俄国贵族，叫纳博科夫，爱捕蝴蝶。”

“禁书，你怎么还看禁书？”我大叫。

“喊什么，早就解禁了，你什么都不知道。”她咯咯咯地笑个不停，绑在头上的粉色蝴蝶结跟着抖个不停。

太夸张了，我暗想。

“知不知道这个，跟化学方程式有关系吗？”

“当然了，难道你就没发现，咱们每天学来学去、背来背去的东西，跟那段话正是一个意思？”

“你在胡说什么，化学方程式跟那段话能有什么关系？”我真的很想按住她的肩膀，好让她胸前的蝴蝶结不要再乱颤了。

“化学方程式依照的是元素配平，因为万事万物无论怎样发生反应，物质都守恒；物理也是，受力分析根据的是什么，能量守恒才有物理学的一切；数学更是了，方程也好，微积分也好，不管算法如何变，数字本身永远都是无尽而守恒的……你想想，每一秒钟数字都在变，风在吹，你在长大，对，就像这样（她踮起脚来拍我的头），越长越大，越长越高；但其实呢，它们一直在那儿，组合排列而已，从没真正变过……”小改拿着水杯比比画画，手上的蝴蝶结戒指晃来晃去，看多了果然会晕。

“我怎么没变了，我今天比昨天困！”

“尘归尘，土归土。你没听过吗？”她叉着腰，挑着眉头问。

蝴蝶结腰带太细了，我再次感叹。

“刚刚你挤在方程式旁边好像还写了‘恺撒的归恺撒，罗马的归罗马’，这又是谁说的？”

“这你也不知道……”

“……等一下，这不重要了。我想要知道，刚刚那些守恒什么的跟爱捕蝴蝶的纳博科夫的话，到底有什么关系？”

上课铃响了。

一只缀满蝴蝶结的蝴蝶向教室跑去。

晚自习是语文课。

语文老师像往常一样无话可说，欲言又止。她说，现在高考作文要想写得有深度，胜人一筹，就要多有点哲学层面的论据和论证。大家听了这话，面面相觑。我们今天下午背过的马克思主义哲学，派得上用场吗？这种作文指导不比“哲学”两个字本身好理解多少。语文老师惋惜地看着我们眼中的迷茫和无助，就说要举个例子，请大家先练习一下。

她请大家翻开语文书，以《前赤壁赋》中苏轼和客人的对话，写一段关于“变化和永恒”的议论文。

齐小改绑着蝴蝶结绸带的碳素笔一把戳过来，窃笑着低声说：“小改啊小改，你还有什么可改进的呢？”

“这都是什么题目啊，我不懂哲学！”

“你就把我刚刚在打水的路上，跟你说的理一下，就是哲学了！”说完，她拿过我桌上的草稿纸，飞快写起来。

至于我写了什么，写了多少字，这并不重要。我想要说的是，半小时后，齐小改喜滋滋地交上了她的作文，并且主动要求朗读。不过，这一行为被语文老师果断拦下。她失望地坐下，把作文递给了我，独自拽着胸前的蝴蝶结。

我只一眼就瞥见了标题，简直不敢相信她真的这样写了出来。小改，这难道也是哲学吗？

《欲望之火，生命之光——论欲望的守恒定律》

十月底模拟考试，齐小改成绩名列年级第三。拿到成绩那天晚自习，她悄悄跟我说，已经决定好报志愿的专业了。

“你不是一直要学建筑吗，还总说把自己当成建筑来打扮的……”

“不，我要学日语了。”

“为什么？”

“因为在那里，我可以做个名正言顺的洛丽塔，戴好多好多的蝴蝶！”

“你现在的蝴蝶也很多啊。”

“别以为我看不懂你的眼神！”

后来，齐小改以全校总分第一的最后模拟考试成绩，被推荐给了日本早稻田大学建筑系。之后，我再没见过她。

这就是我的高三同桌齐小改。人并不如其名的齐小改不需要改正什么，她很好，可以说好得不行，一定会拥有非凡的人生。可作为如今已是大叔的我，并不太想知道这些，我总是想象她变成齐丽塔的样子。

还有，她今天戴了多少朵蝴蝶结呢。

二〇一二年　七月

前赤壁赋

（宋）苏轼

壬戌之秋，七月既望，苏子与客泛舟游于赤壁之下。清风徐来，水波不兴。举酒属客，诵明月之诗，歌窈窕之章。少焉，月出于东山之上，徘徊于斗牛之间。白露横江，水光接天。纵一苇之所如，凌万顷之茫然。浩浩乎如凭虚御风，而不知其所止；飘飘乎如遗世独立，羽化而登仙。

于是饮酒乐甚，扣舷而歌之。歌曰："桂棹兮兰桨，击空明兮溯流光。渺渺兮予怀，望美人兮天一方。"客有吹洞箫者，倚歌而和之。其声呜呜然，如怨如慕，如泣如诉；余音袅袅，不绝如缕。舞幽壑之潜蛟，泣孤舟之嫠妇。

苏子愀然，正襟危坐而问客曰："何为其然也？"客曰："'月明星稀，乌鹊南飞'，此非曹孟德之诗乎？西望夏口，东望武昌，山川相缪，郁乎苍苍，此非孟德之困于周郎者乎？方其破荆州，下江陵，顺流而东也，舳舻千里，旌旗蔽空，酾酒临江，横槊赋诗，固一世之雄也，而今安在哉！况吾与子，渔樵于江渚之上，侣鱼虾而友麋鹿，驾一叶之扁舟，举匏樽以相属。寄蜉蝣于天地，渺沧海之一粟。哀吾生之须臾，羡长江之无穷。挟飞仙以遨游，抱明月而长终。知不可乎骤得，托遗响于悲风。"

苏子曰："客亦知夫水与月乎？逝者如斯，而未尝往也；盈虚者如彼，而卒莫消长也。盖将自其变者而观之，则天地曾不能一瞬；自其不变者而观之，则物与我皆无尽也，而又何羡乎？且夫天地之间，物各有主，苟非吾之所有，虽一毫而莫取。惟江上之清风，与山间之明月，耳得之而为声，目遇之而成色，取之无禁，用之不竭。是造物者之无尽藏也，而吾与子之所共适。"

客喜而笑，洗盏更酌。肴核既尽，杯盘狼籍。相与枕藉乎舟中，不知东方之既白。

读诗札记

严格说来，《前赤壁赋》算不上诗歌，我且笼统地将其归为诗文。这一篇诗文是初中语文课本古文单元的学习委员（主要负责班级学习方面工作，通常由班上课业成绩最优秀者担当），作为古文中的典范，他总是静静地坐在那里，成绩优异，笑傲全班。

我一直对这位学习委员敬重有加，以他为榜样鞭策自己，炼字炼词。而我最敬重的，还是他在文辞间透出的豁达情怀，清健笔风于赤壁下洞见了古今天地。那一刻，他更像个老班长。阅人无数，一开口便是瓜熟蒂落的智能。懂得珍惜取之不尽用之不竭的眼前夜色，懂得由己及它的天地曾不以一瞬。天地之大，无所永恒，有何可羡，又有谁是真正可羡。在此境界之上，这首卓绝的诗文以平生气度再次笑傲全班。

关于永恒的追问是件容易沮丧的事，特别是在尚新鲜的年纪。舟中客人感叹“寄蜉蝣于天地，渺沧海之一粟”，只恨不能如长江无穷无尽，吾生之须臾正是那吾生也有涯之恨。这恨自庄子起，岂止延绵了千年。如今，豁达的道理容易变质为心灵鸡汤或者伪佛法，讲究之人多数亦不能真正将之入怀。非得有诸事不如意之艰难，经历那不能将我打败的必使我坚强，才得清风拂面，仰望星辰。

再无从知晓，我的语文老师们如何读这一诗文中的豁达，他们口中所讲是否是身心领受。在我，背诵它许多年后才有所悟。

学界给这首诗歌以儒释道集大成的评价，我并不擅长阐释这许多。苏轼不久后另写了《前赤壁赋》的下集《后赤壁赋》，我因此推测也许他更加愿意像赤壁泛舟与客对谈一样，一问一答，相得益彰。因而，我写了这个课堂故事。确切说，是两个不太喜欢语文课的学生的语文课探讨。我这位高智商的同桌，在萝莉还没有成为流行文化之前，就已经起范儿了。她是那种对任何哲理都无师自通的人，当时并不觉得多么了不起，如今想来她像极了天山童姥。也许只有这样的落差，才能参透一点无常的奥秘。

12

▸ 再见阿吉

一

陈三娘道一声后会有期，别过将信将疑的苏云苏锦夫妇，上了马，打马而去。

日头越来越大，她一口气过了好几个村镇，这时勒马停在一家叫蓝马店的客栈门前。走进客栈，一身粗纹蓝布的店小二满脸堆笑，接过缰绳，招呼着客官请，搬椅擦桌，手脚甚是麻利。

陈三娘坐下，问：可有好酒？

店小二答：您来着了，店里刚刚开了几坛十年的竹叶青，沉香逼人，方圆几里每天都有人赶来喝酒，客官要不要来二两尝尝？

陈三娘道：来半斤！再来半斤牛肉！

快到正午，酒馆里空空荡荡，并没有店小二说的许多酒客。靠窗坐的陈三娘眯起眼看院中的马吃草，这千里不停脚的良驹是她心爱的坐骑，名唤黑旋风。觉得有些晃眼，便起身坐到桌对面，背对门口。

窗外春色几分，草绿鸟鸣，万物各自生长，正是教人浮想的时节。陈三娘想起三年前，她同师父、师兄弟四人从归云山庄一路南行，那时节可不正如眼前一般。当年白衣白帽，轻纱遮面的少女，一下山心绪飞跑，一路跑到闹市。洛城无处不飞花，繁华叫人流连。那日正逢十五，庙会人来人往。她逛起来，买了许多女孩家的头饰，喝了两碗桂花糖水……

"三位客官今天好兴致，快快请进！"

陈三娘收住思绪，侧头一看，见小伙计喜气洋洋迎进三位年轻人。三人服饰华美，蜀锦银线，有富贵气派。想来这一带离姑苏不远，又逢春时，各路商贾踏青赏花。陈三娘并不多加理会，继续看窗外黑旋风吃草。

"大哥，此地离蓝马山不过一天路程，聚首之地近在眼前，这大半年日夜苦习就要真刀真枪比画了，黄金倒在其次，可当真是激动！"三人中着深蓝锦缎者道。

“大哥，想那入围的少侠们必当有备而来，各出奇招，全力争得三甲。只是，从入围到蓝马坡上之战，仅大半年时间，若非积年的习练，短期内断然无法练就超群武功。”另一着水蓝锦缎者道。

被唤大哥那人道：“此次比武大会邀请而立之年以下习武者，都谓后生可畏，但不管怎样，我们照邀约上的规矩研习出了整路独门软拳，如今又按时前来赴约，这便有一半胜算了。”

店小二端上半斤竹叶青。陈三娘低声问，你可知门口那三位蜀中口音者说的比武大会？

店小二撇了撇嘴道：“客官定是外乡人。他们说的是蓝马坡比武大会。蓝马坡在蓝马山上。这几日来此喝酒吃肉的，多是练家子。比武大会是个能扬名赚钱的会，不过可不是谁都能上山比武的。”

“蓝马坡在何处？”

“离此地不到一百里，有座高高入云的蓝马山。山下四季如春，山顶终年积雪。高山大多如此，本没什么特别之处。称奇的是，在遍处青竹和终年积雪的山中有片山坡，满地是青青的草，一朵花也没有。那便是蓝马坡了。”

“你可曾去过？”

“我哪里去过，那山最是难爬，山上阴晴不定，方向难辨。特别是下山的路，据说下山没有路呢……”

陈三娘冷冷一笑，只管低头喝酒吃肉。

“后天便是比武之日，有句话我该跟两位贤弟说说了。蓝马坡之行，其实胜败早有定数。”

“大哥，大哥，您的意思是早已知晓结果？”

“我之前未讲，只想看看你们对万氏软拳的领悟大半年内可精进到何种境界，也可借此看看如今武林的盛况。”

“听大哥的意思，精进水平对比武结果并无必然影响？”深蓝锦缎者道。

“不错。”

“小弟愚钝，还请大哥明示。”水蓝锦缎者道。

“两位客官，里边请！”

两个全身蓝布棉袍的俊秀青年，模样相似，各自斜挎软羊皮包袱，朝窗边径直走去，经过陈三娘身边似有似无地顿了下。

二人放下包袱，沉声道：“听说蓝马店有蓝马山一带最好的竹叶青，上一壶来！再挑上你们的招牌菜，摆上八个盘子！记得，要全素的！”

陈三娘冷笑，道：“这里是肉铺酒铺，吃素的就别来！”

二人盯着陈三娘，同时放声大笑。那笑声一顿一挫不差丝毫。

三兄弟同时回首，打量这奇异笑声的来头。

“这位女侠桌上的牛肉少说也有半斤吧，胃口当真不小！”

“我胃口再大，也不会去动牲口的食！”

两人再次迸发奇异的笑声。

“如此说来，那院中必是女侠的坐骑了。刚刚不过一时兴起，喂喂那马而已……”

陈三娘脸色铁青，不做声。

“再说，去蓝马山必得步行，那马再中用还是要弃在山下，不如……”

刀猛地飞起，钉在对桌，刀柄上青色的穗子微微摆动。蓝布棉袍公子后半句话碎了般，浮在空中。

二人拍案而起。

店小二正在给院中几匹马添草。此刻慌忙跑到窗边，为难地说：“好好的，客官怎么飞起了刀，这真是……这桌子坏了，可怎么……那缰绳果然被解了开，奇怪，我明明拴好了的……”

空出甩出一锭银子，银锭被刀柄反弹，稳稳落在二位蓝布棉袍公子酒桌上。再看时，陈三娘已旋风般拔下飞刀，几个转身跳到院中，翻身上了黑旋风，打马而去。

二

陈三娘才奔出一盏茶工夫，只听身后马蹄声由远而近，一路跟来。她回首，定睛一看，数十丈外，三匹白马之上似是酒馆中衣着华美的三兄弟。她掉转马头，迎风而立。青衣黑马在柳树下，不大衬那热闹春意，淡得很。

三兄弟赶至近前，为首的抱拳施礼，道：“这位女侠，性情直烈，更是好身手！青缨飞刀，有去有回。我兄弟三人不想就此错过，故匆匆赶了来。”

“过奖了。”

“在下蜀中万氏三少，我叫万一蜀，这是我兄弟万一道、万一难。”

“在下陈氏三娘。三位有礼！”

“冒昧问一句，陈女侠可是要往那蓝马坡去？”

“可是半山翠竹，半山积雪的蓝马山中之坡？”

“正是。”

“蓝马仰首啮垂条，星光来路一夜风。”

“据说这正是蓝马坡石碑上的诗句。女侠既知晓这诗句，想来必是收到比武邀约了。”

“不瞒三位，那蓝马山，我曾去过。”

"陈女侠何时去过？"

"十年前。"

"女侠如今也正值妙龄，十年前如何去那蓝马山的？"

"我怎样登上蓝马山，又因何而去并不重要。既然三位追我出了酒馆，我不妨送三位几句话：当今武林后辈虽皆以受邀为荣，但此次比武邀约凶多吉少。想来三位是被邀战书的黄金和承诺吸引。我可以向三位保证，那承诺绝不可能兑现。"

"你是说，即便比武赢了，本门武功也不能正式进入遍布江湖的十大武馆和武院？"

"非也。假若万氏软拳在上山的各路同辈少侠中拔得头筹，按照约定，贵派武功自会进入十大武馆，作为当今精妙的新式功夫，广为传扬。正所谓所有习武研武之人心念的发扬光大，传承有门。自然，武馆的收益少不了蜀中万氏的。三位，贵派的软拳绝无法胜出。"

"恳请女侠讲出这必无法胜出的缘由。"

"请教万少侠，万氏软拳长于别家拳术在何处？"

"蜀中万家软拳精髓在一个'软'字，后发制人。无进攻招数，皆为反击之术。人不犯我，蜀道通途。人若犯我，筋骨尽折。"

"贵派拳法创立至今，有多久？"

"创立至今，不过三载，软拳也还有许多精进的余地。但自古武功好坏不在年少年长，此次武约邀战书信上讲得分明，明为比武，实为发掘武林中年轻一辈的俊杰，极具开门立派天资的习武青年，为今后繁兴武林，重振江湖……"

"三年还是三月，都不是问题。问题在于获胜之后的承诺。"

"请女侠明示。"

“不错，万氏软拳是君子之拳，以退为进，软中针，柔生刚，是新一代武林中难得的风度武功。但请三位细想，当今武林之外，又有多少人士懂得这拳术的风度？”

“没有人。”

“试问武馆众习武者中，有多少是愿意被人打上门来再思还手的？”

“没有人。”

“再请想，谁人不爱少年成名？谁人不欢喜万金财富吗？”

“没有人。”

“如此，若是这进入武馆的功夫不能够带来万金财富，那为什么要给它名声呢？”

万一道和万一难忙问：“在蜀中谁不知我们万氏和万氏软拳，那便是名声！何况我们习武并非只为那万金财富！”

陈三娘笑而不答。

万一蜀道：“女侠所言，我并非没有料想。只是，我心中一直好奇，既然这样明了的道理，女侠作为局外人皆可看分明，为何比武大会还要千里迢迢礼赠黄金，邀我上山？”

“万少侠，若是礼赠您的黄金必将被追回，那么礼赠多少又算得了什么呢……我还有要事在身，就此别过！”陈三娘放开缰绳，转身打马而去。

三

陈三娘睁开眼，哪里就有了火烛？再一看，肩上的包袱不见了，嘴里也没了桂花水的清香，尽是酸涩。她站起身，借着窗外满天的星光，看见院门上许多晃动的身影。她敲了敲窗，那些身影站定成了一个。

陈三娘轻身从窗口跳出，向那身影走去。身影猛一转身，手中竹杖点在陈三娘胸口。

“回店里去。”

“我不回。”

“师父的信呢？”

“在我怀里。”陈三娘伸手从怀中取出一个油纸封。

“难道你看不出，已经被掉包了吗！”

陈三娘一个激灵，跑到窗边，举起烛火仔细看油纸封的边缘，“啊”地一声大叫。

“蓝马坡下蓝马店，蓝马店中灯火现，灯火举起来送你，影子影子看得见……”

一个青年男子唱着童谣，每唱一句，咯咯笑不停。夜深人静中，听得人毛骨悚然。

黑婴道：“阿吉，别唱了，别唱了！”

“看得见，看不见，送你送你到客店，客店不在蓝马坡，蓝马坡下蓝马店……”

陈三娘道：“阿吉，我们惨了，你再唱我们都回不去归云庄见师父了！”

笑声停了。

“师父临走吩咐我们在客栈中等人取信，一月过去都没人来。如今信也丢了，看来我们要跟阿吉一辈子住这里了！”

“等等，这信一直在我身上，你如何知晓被掉包的？”

黑婴指着自己右臂，道：“你以为我为何赤着胳膊，你以为我大半夜为何站在这儿？”

“你刚刚跟人交手了？”

“交上手倒好了！我发觉时，举着竹杖追出来，连人长什么样都没看清，只远远见他穿一身藏蓝色夜行衣。”

“这人竟可以在你我熟睡间把信掉包，即使交上手也必败无疑。可他竟不杀我二人，还换了封信，倒是怪事。黑婴，他可说了什么？”

“半个字都没说。”

“这人会不会就是师父说的取信之人？”

陈三娘和黑婴冲到窗口，拿起信，撕破展开，借着烛光和月光，读了起来。

读毕，两人心下黯然，一坐到了黎明。

“此人落款虽是蓝马山主，言语中似是师父提及的从前被赶出师门的师伯，他以师祖的名誉要挟，言下之意，师父若不答应同他联手蓝马山比武邀约之事，便要败坏师祖清誉，血洗山庄……”

“黑婴，师父别号云自在庄主，自从七年前我们从蓝马山搬到归云庄，便不再问武林中事。他为何要找上师父？”

“也许正是师父多年逍遥才招得师伯以此做幌子壮大声势，迷惑年轻习武之人。咱们到山庄后一直谨守庄规，从未出庄。哪里晓得当今武林人的心思！”

“不知这一桩武林骗局要害多少人没了性命。”

“每年坡上若都办一季比武大会，若果真有人被害，后面还会有人去赴约吗？若是没了邀约，信上所说的万斤黄金从何而来？”

“只有一种可能。”

“什么？”

“赴约者自愿受死。”

“黑婴，天下竟会有这等奇事吗？”

“无论怎样，我们都要保全师父名声。可这有去无回之事万万做不得。”

“不如我们假意应了他，就说师父如今闭关，骗他应允联手，再暗暗通知受邀之人莫要上山，令这武林名利大会名存实亡也便是了。”

“其实，我们并没有太多胜算。”

“黑婴，我们还有别的选择吗。”陈三娘凝着眉头，起身吹熄最后一根蜡烛道，“蓝马店凶险，今天就带阿吉走。我们一面会会那蓝马山主，一面回山庄见师父。”

黑婴一把拽起熟睡中的阿吉。

阿吉不肯起，头发散在眼前，抱着双肩，绝不屈服的样子。

陈三娘道：“阿吉，我们一起去喝桂花糖水好不好？”

阿吉听了，拨开眼前的头发，蹦起来，道：“在哪里，桂花糖水我要喝！”

陈三娘和黑婴收拾个大包袱，出了蓝马店，一路朝东，向着来时路返回。

次日，三人找了家酒馆，坐定，要了饭菜吃起来。

黑婴道：“三娘，吃完饭我们分头行动吧。你带着阿吉回归云庄告诉师父我们的计划，我独自去会会他。”

“那人武功高深难测，便是师父，也未必能胜。你如何确定他不会对你下手？”

“这人狡诈，可在他的计划实施前，必得仰仗师父，绝不敢对我轻举妄动。有件事很怪。你想过没有，他在蓝马店约定之日一月后才来取信，必是想面见师父，等得不及，却也无计可施。”

“这么说，他一月前就到蓝马店了？”

“我猜如此。”

“在蓝马店一月之久，如何不被我们发现呢？”

“我也在想此事。”

三人吃饱，又闲坐一会儿。陈三娘对阿吉说：“三娘和黑婴给你买桂花糖水，你在这里不要动，我们马上回来好不好？”

阿吉点头。

二人走出酒馆，拐进一条小巷。陈三娘低声道：“黑婴，你察觉到了什么？”

“师父为何要带我们三个回蓝马山？”

“怎么突然问这个？”

“你只说为何。”

“师父说我们自幼长在蓝马山，如今七八年没回去了，也是时候回去看看了。黑婴，这些你都是知道的。”

“可是阿吉并不是非来不可，他这样子来了也是无用。”

“近来阿吉在山庄时常常唱蓝马山的歌谣，那是我们儿时一起唱过的。或许师父想帮他恢复神志。”

“那信封上无名无姓，若说我们到了蓝马店，自然会有人来取，这言下之意，可不是上次蓝马店分手之时，便已约定好。”

“取信那晚我们不是已经想到了。”

“半年里，蓝马店中所有住店之人，我们全都打探过，根本没有会武功之人。”

“难道你怀疑阿吉？”

“他这一年没有先兆的疯疯癫癫，师父却没有太过着急。”

“不可能是阿吉。”

“也许他只是个小角色。”

“他绝不会那样做，他也没有那样的武功。”

“你别急。我虽未见那人面相，可从身形看，也知绝非阿吉。”

“黑婴，你到底想说什么？”

“阿吉的疯癫，绝非偶然。你细听他这几日唱的歌谣，甚是诡异，并非全照原词唱出来。”

“难道阿吉他没疯？”

“我不知道，但阿吉一定与此事有脱不开的关系。”

刚入秋，晌午的阳光还是热的。巷口堆了些黄叶，风一吹，都是风尘的味道。黑婴深吸口气，道：“不如我们一同去会那藏青衣衫的高手吧，他若早想杀我们，也不必等到今日。”

二人带了桂花糖水回酒馆时，阿吉踪影全无。只见桌上留有一个牛皮信封，二人慌忙撕掉封条，展开。信上只有两行字；

不要耍花招

阿吉我带走

陈三娘忙问店中伙计，刚才是否看到阿吉。伙计道：“刚刚来了一位客官，穿着蓝衣蓝袍，说有桂花糖水，跟您一起的客官就跟他去了。倒是桌上的信，实在没留心什么时候放的。”

四

黎明。蓝马坡。万籁俱寂。

身着各样蓝衣的各路人马，手持生死状，于蓝马坡上静静等待最后一颗星光的熄灭。等待是许多被淹没的音符，压着嗓子发不出半点声息。

奇异的是，蓝马坡上的静寂却是有声有息。它们汇聚了心跳和呐喊，冲撞奔跑，狂乱地飞在山风中。

月牙隐没于天际那刻，苏云苏锦一对璧人身着水蓝色刺绣锦缎，携手来到坡上的石碑前，躬身施礼。

苏云道："我夫妇自江南姑苏而来，春暖花开，闲来无事，恰好接到蓝马山主人的比武邀约。我夫妇喜欢热闹，便赶来跟同道切磋武功，饱享武林盛事……蓝马山果然春光艳异，高不可攀，教我夫妇大开眼界。实在不曾想……"

苏锦见丈夫说得委婉客套，尽失刚强之风，火急道："实不曾想，我还道她为胜出劝退我们，谁知果真是个圈套，什么生死状，碑下如何施展我们云锦派的飞云剑气，为何不能光明正大在坡上比武，这些年有去无回的人只凭一张生死状和几块黄金就能够解释吗，分明是骗局！"说着，一手按剑，一手拉住苏云便走。

石碑丝毫未动。上面蓝马坡三个字，也如同刚刚那夜色，默然而立，并且要继续沉默下去。

"蓝马店上蓝马坡，蓝马坡上有人念。口口声声说再见，再见再见把愁添。不要烦恼不要烦，一颗青草在背心……"

正是阿吉在唱。

已经走出十几丈的苏云苏锦听到飘来的歌谣，心头一凛，停下脚步。

人群中，许多惊恐之声接连在晨光中冒出，带着惊恐的回音。

苏云苏锦夫妇对望，大惊失色。不知何时，两人背上已被刺入数根青草。那青草带着露气，可不正是这蓝马坡上之草。

阿吉拍着手走过来，摘下两人背上的草叶，叶片尖尖处有几丝血点。

“蓝马坡上不杀人，杀人不杀老实人。草色青青血色无，血色有时便是毒。下山下山要回家，回家回家明年见。明年不来不得见……明年不见永不见……”

苏锦恍然觉悟，抬手抽剑。苏云连忙止住妻子，摇了摇头。低声道：“明年我们再来，就此别过！”就拉着苏锦快步跑下山去。苏锦一边下山一边骂：“解药！骗子！你们谁都不要下去！”

余下众人又在静寂中站了一个时辰。似是放亮的天光让他们心胆俱健，这次他们不再全然沉默，而是交耳攀谈起来。

万氏三雄中的万一道和万一难站出来，道：“我蜀中万氏愿意一试。这是生死状，恳请石碑开门。”

“蓝马坡上蓝马碑，蓝马碑下有去归。要去要归自己选，有去无归自己担……”

阿吉的声音刚一停，石碑下面开了个地门，门前是十斤黄金。

万一蜀挡住在前面，道：“二位贤弟，不可！”

“大哥，我万氏拳术必胜！到时江湖十大武馆必趋之若鹜。”

二人怀抱黄金纵身一跃。万一蜀拦出的双手停在空中，顿足而立。

接着，两个身穿蓝布棉袍的俊秀青年也来到洞口，将随身的羊皮包袱一抖，展出的两块皮面拼做一方，呼呼生风，力道极大。临近之人只感到巨风袭来，站立不稳。

“在下江南皮皮双侠，皮春皮秋也愿意一试。这是我们的生死状，恳请石碑开门。”

“蓝马坡上蓝马碑，蓝马碑下有去归。要去要归自己选，有去无归自己担……”

阿吉的歌谣再响起，石碑再开，黄金现。

皮春和皮秋纵身怀抱黄金跳进石碑下的地门。

紧接着，越来越多蓝衣蓝袍的侠客怀抱黄金跳下石门。阿吉的歌谣唱了一首又一首，越唱越开心，气息渐小。转眼间，蓝马坡上空了，青草上的露水已干。几十遍蓝马歌谣回响在阳光中，在蓝马坡上升腾而去，越飘越远。

地门被蓝马坡上的石碑永远关上，而门内更多人躺在蓝马坡青青的草丛下，身上扎满青青的青草，再也下不去蓝马山。

太阳射出完整的金光时，蓝马坡上一声巨响，蓝马山也跟着晃动，石碑裂成了三段。

阿吉追着自己的歌声，跑开了。

五

“黑婴，你怎么能单凭一个信封就认定是谁带走了阿吉呢？”

“你忘了吗，江湖人为何叫我黑婴，因为我的眼睛和鼻子像婴儿一样干净，什么都逃不过我。那信封和信封上字的气味，我都熟悉。”

“蓝马店那晚你便知道了。”

“对……是阿吉的。”

“阿吉，他很勇敢。”

“他的字写得极好看，学谁像谁。”

“三年前蓝马店那晚，你看到的就是阿吉。”

“不错，我骗了你。其实我更早就看出，他中毒了。”

“虽然你没告诉我，我们一起回蓝马山是因为师父要阿吉帮他移种满坡的青草，那些青青的毒草；你也没告诉我，你悄悄帮阿吉一起在石碑下的地门埋了火药。但是，黑婴你做得对。”

“对不起三娘，本来那天在巷口我已决定跟你说的。”

“但阿吉不想让我知道。”

“所以他留下字条走了。”

“你闻出了他身上中毒的气味，给他吃了各种解药解毒。”

“他被迫吃下毒药，假装疯了，只为骗住那蓝马山主人。”

“只为给我们更多时间脱身，为这江湖少些一心求名逐利的年轻人。”

“可惜没人愿意相信那比武有去无回，这三年我当真是认识了诱惑为何物。师父果然睿智。”

“何止睿智，师父洞若观火。我们的举动他并非未觉察，只是全然没放在眼里，才给了我们机会。”

“好在都过去了。”

“风澜再起时，我辈已不再是江湖中人了。”

“我们一直没有走入过这江湖。”

春光依旧明媚。陈三娘和黑婴各自上马，回身望了望春光中的蓝马山。还是那样高高入云，满山翠色，遍地波斯菊。

“陈女侠留步！”

陈三娘回首一看，正是软拳万一蜀。

“终于寻到女侠和这位黑婴侠客，二位都是武林功臣，是当仁不让的后起俊才。可惜我那两个兄弟再看不到蓝马山遍山翠竹，这是他们心中欲望所致，怪不得旁人……在下死里逃生，只想跟女侠道别前说一声多谢！”

陈三娘抱拳还礼，道一声别过，放开黑旋风，狂奔而去。

黑婴追出，大喊："三娘，你就这么走了？

陈三娘并不回答。

"何日再见？"

"后会无期。"

"阿吉若是有知，怕是要伤心的！"

陈三娘一顿，勒住马。

"若我说，阿吉真是疯了！他不值得。那些争名逐利之人何曾被石碑压住，他们为了一块黄金和江湖浮名甘心赴死。"

"……"

"你只当我是阿吉，那个黑婴留在了蓝马山的石碑下了。我们定个再见的期约吧！"

陈三娘转身，看着黑婴，泪水慢慢流出。

"三娘，你想什么时候再见到阿吉？"

两人对望良久。

陈三娘至终一字未讲，猛一拍黑旋风，冲了出去。

六

十年前，蓝马坡上的比武邀约是武林中每个春季的盛事，各地习武的年轻后辈纷纷前往。他们意气风发，一面看着蓝马山奇异的风景，一面暗暗期待传说中更多金灿灿沉甸甸的黄金。他们中的大部分并不能如愿登上蓝马之坡，因为唯有前一年接到邀约书者方被允许上山。

比武前日，受邀武者在石碑前签下生死状。临时改了主意的武者可得半份黄金；坚持跳入石碑的武者可得双份；最后胜出的三位将带着数倍的黄金载誉而归。随后，他们的武功将进入南派七大武馆和北派三大武院，供寻常习武之人习练，武馆收益的一半归胜者所有，另一半归蓝马山主所有。

极少数拿到半份黄金的比武者会安然下山，盛传比武盛事，来年也会被邀请上山见证。当然，顺便拿些解药回去。

从第七年开始，除了胜出者，所有蓝马坡上赴约武者不再下山，以生死状昭告天下，自愿留在山上潜心研习武艺。这一年，一个白衣蒙面少女和另一黑衣青年作为信使各自行走江湖，悄悄将邀约和黄金送上各门各派。

蓝马山主究竟何许人也，没有人知道。他从不现身，但他对胜者承诺的黄金从未食言。江湖传言这位大老板就隐藏在江南的某个山庄。

十年中，蓝马山年复一年地热闹，众多聚集而来的武家子弟，在山脚附近结伴住下，每日论武习武，期待下一年的邀约和黄金。

直到这一年阿吉死去，陈三娘黑婴各自打马而去。

二〇一三年　三月

▶ 再见，蓝马店

▷ **辛笛**

走了　蓝马店的主人和我说

——送你送你
待我来举起灯火
看门上你的影子我的影子
看板桥一夜之多霜

飘落吧　这夜风这星光的来路
马仰首而啮垂条
是白露的秋天
他不知是不是透明的葡萄
鸡啼了　但阳光并没有来
玛德里的蓝天久已在战斗翅下
七色变化三色　黑　红　紫
归结是一个风与火的世界
听隔壁的铁工手又拉起他的风箱了
他臂膀上筋肉的起伏
说出他制造的力量
痴痴的孩子你在玩你在等候
是夜的广大还是眼前的神奇
也令你守着这尽夜的黎明不睡？
来去辄欲与堂吉诃德先生同行
然而除了风车　除了巨人
森林里横生的藤蔓　魔鬼的笛声

我是已有多久了

竹杖与我独自的影子？

——年轻的　不是节日

你也该有一份欢喜

你不短新衣新帽

你为什么尽羡慕人家的孩子

多有一些骄傲地走吧

再见　平安地

再见　年轻的客人

“再见”就是祝福的意思

一九三七年

读诗札记

这首近上世纪八十年前做于爱丁堡的诗歌，孤陋寡闻的我迟迟到了本世纪初才读到。当时正拜在诗人小女儿圣思先生的门下于沪读书。同是异乡求学，同是萍水相逢，让我在大半个世纪后读来此诗，一阵阵暖意涌动。

辛笛先生一家人情深意重，无论风云如何变幻始终相守不弃，让许多像我这样的晚辈心中敬重不已。这一句再见就是祝福，虽然是热情的蓝马店主人对游学诗人所说，亦是诗人善良心性和一向秉承的气度。在我，是漂泊异乡一次次道别时惆怅的慰藉，朴实的一句蕴含许多力量。

辛笛先生有深厚的家学渊源和古典素养，古体诗典雅清丽，现代诗亦现出许多化典之韵，于诗行中深沉而不失轻快地久久回旋。

一句走了，轻轻的，不舍的。似是惆怅，似是寒暄。送你送你的热情怎教人不躬身微笑还礼。你的影子我的影子不是对影成三人的寂寞，是萍水相逢的相惜。同时惜别，李叔同凄婉孤寂，浊酒余欢别梦寒；这一首声声再见中，年轻的客人得了更多欢喜。

除了相送，这里还有时局，有风景，有感叹，有祝福。纵是怎样的零落和不如意，一期一会的珍重仍不失君子之风。非得有离愁别绪和胸怀壮志，不能感同身受。

我热爱这首诗，它给我许多漂泊在外的鼓励。《蓝马山》是我正式写成的第一篇小说，取自此诗“蓝马店”的篇名正是对同样喜爱艾略特的诗人的首次致敬。这首诗在海外的流传度远胜内地，香港诗人甚至将其刊题为《蓝马季》，可见情结和共鸣之广。

我的本意是写一个君子间惜别的故事，古典的，朴素的，又是温暖的。这样的古意我自愧难以呈现。历来成名需趁早，在功名路上，年轻一代的困惑和迷茫却似曾相识。我的朋友说，你怎舍得自己偶像堂吉诃德变成疯了死了的阿吉。我说，他疯了也没疯，他只是需要更多勇气和祝福。而可爱的读者已经发现，篇首和各段落的结尾都是一次分别。每一次分别，都有我轻轻的祝福。

往回跑　　战丹 著　芊祎 插画

责任编辑　肖小困
书籍设计　typo_d

出版发行　生活·讀書·新知 三联书店
北京市东城区美术馆东街 22 号
邮编：100010
电话：010 64001122-3073
传真：010 64002729

经销　新华书店

印刷　北京信彩瑞禾印刷厂
版次　2013 年 8 月北京第 1 版
2013 年 8 月北京第 1 次印刷
开本　170 × 230mm　1/16
印张　10.25
字数　95 千字
印数　3000 册

ISBN　978-7-108-04626-0

定价　29.00 元

图书在版编目（C I P）数据

往回跑 / 战丹著. -- 北京 : 生活·读书·新知
三联书店，2013.8

ISBN 978-7-108-04626-0

Ⅰ. ①往… Ⅱ. ①战… Ⅲ. ①散文集—中国—当代
②诗集—中国—当代 Ⅳ. ①I217.2

中国版本图书馆CIP数据核字(2013)第171590号

鸣谢新鸿基地产和香港三联书店对此出版计划的大力支持。